中华先锋人物
故事汇

潘建伟

手握量子密钥的人

PAN JIANWEI
SHOU WO LIANGZI MIYUE DE REN

徐 鲁 著

党建读物出版社 接力出版社 Publishing House

图书在版编目（CIP）数据

潘建伟：手握量子密钥的人／徐鲁著．—南宁：接力出版社；北京：党建读物出版社，2022.12

（中华人物故事汇．中华先锋人物故事汇）

ISBN 978-7-5448-7941-5

Ⅰ.①潘… Ⅱ.①徐… Ⅲ.①传记小说－中国－当代 Ⅳ.①I247.5

中国版本图书馆CIP数据核字(2022)第197421号

潘建伟——手握量子密钥的人

徐 鲁 著

责任编辑：陈潇潇 刘 靖

责任校对：王 蒙 张琦锋

装帧设计：严 冬 美术编辑：高春雷

出版发行：党建读物出版社 接力出版社

地 址：北京市西城区西长安街80号东楼（邮编：100815）

广西南宁市园湖南路9号（邮编：530022）

网 址：http://www.djcb71.com http://www.jielibj.com

电 话：010-65547970/7621

经 销：新华书店

印 刷：北京科信印刷有限公司

2022年12月第1版 2022年12月第1次印刷

787毫米×1092毫米 32开本 5.25印张 80千字

印数：00 001—10 000册 定价：25.00元

目 录

写给小读者的话

二〇一七年，国际著名的科学杂志《自然》评选出了年度十大科学人物，中国物理学家、中国科学院院士、中国科学技术大学常务副校长潘建伟入选。《自然》杂志还为每位入选者写了一篇新闻报道，为潘建伟写的那篇，文章的开头写了这样一段话：

“在潘建伟的带领下，中国成为远距离量子通信技术的领导者。”

是的，正是潘建伟和他率领的中国量子研究团队，创造了人类科学史上又一个伟大的奇迹，也使我们国家在量子通信方面走在了世界的前列，成为了不起的“领跑者”。

许多听到这个喜讯的中国人，都禁不住竖起大拇指，自豪地夸赞说：“潘建伟院士和他带领的量子通信攻关团队，是一支当之无愧的、不断创造科学奇迹的‘梦之队’！”

潘建伟在二十岁时，第一次接触到了量子力学。当时，老师给他和同学们讲解了一个神奇的双缝实验。他发现，在实验中，当电子通过缝隙时，如果人没有“看”它，就不能说它是从哪条缝过去的。这就像是这个电子同时通过了两条缝隙。而当人“看”了它时，这个电子却老老实实地从其中一条缝隙过去了。这实在是太奇怪了！双缝实验，一下子把他带入了奇妙又陌生的量子世界。

二十六岁那年，潘建伟带着量子研究的梦想，来到了阿尔卑斯山下美丽的奥地利小城因斯布鲁克。他的量子梦，在这里展开了飞翔的翅膀。

第一次见面时，他的导师物理学家塞林格问他：“潘，你的梦想是什么？”他回答说：“我的梦想就是，在中国建一个和这里一样的、世界一流的量子实验室。”导师惊讶又赞赏地点着头。

三十一岁时，潘建伟完成了博士课程的学习以及博士后的研究工作，回到母校中国科大。当时，幼小的女儿天真地问他：“爸爸，你不是说，奥地利和阿尔卑斯山很美吗？为什么要回国呀？”

潘建伟笑着说：“再美的风景，也是别人家的呀！因为爸爸是中国人，所以要回来为祖国做事呀！”

回国后不久，在中国科学院、中国科学技术部等主管单位和中国科大的支持下，潘建伟开始筹建量子实验室，组建量子信息研究团队，开始“追梦”行动。

为了实现心中美丽的量子梦，潘建伟和他的科学家同事们专心致志、孜孜不倦，付出了“探梦不止、追梦无惧”的十多年！世界上第一颗量子实验科学卫星“墨子号”，第一台光量子计算原型机“九章”，当时全球最多量子比特数的超导量子计算原型机“祖冲之号”……都是从他带领的团队手上诞生的。

回顾自己走过的追梦之路，潘建伟这样说道：

“是故乡的田野和亲爱的祖母亲哺育、培养了我，把我送进了大学、送到国外学习，让我成为一名科技工作者，我应该永远怀着一颗感恩的心，用自己的全部智慧和才能，报效祖国母亲！”

每一棵大树的生长，都是从一粒小种子开始的。那么，潘建伟是怎样成为量子世界里的“追梦人”的呢？神奇的“墨子号”“九章”和“祖冲之号”，又是怎样从他手上诞生的呢？他的“梦之队”里，都有哪些优秀的科学家呢？

就让我们溯流而上，先从他小时候讲起吧……

田野上的小牧童

一九七〇年三月十一日，潘建伟出生在浙江中部东阳县（现已改为东阳市）马宅镇的一个名叫雅坑村的小村子里。

东阳这片土地上的自然风光很美，自古就有“歌山画水”的美誉。潘建伟的出生地雅坑村，四周山清水秀，清清的雅溪绕过香鸾山的脚下，一年四季，一直不知疲倦地唱着欢快的歌，奔向远方。雅溪是雅坑村的母亲河。潘建伟的童年和少年时代，就是在清亮的雅溪的陪伴下度过的。

夏天的时候，潘建伟会和小伙伴一起下河去游泳、捉鱼、摸螺蛳。河滩的草地，是他和小伙伴们割猪草、放牛、撒欢儿的“乐园”。香鸾山上盛产一种美丽的兰花草，清澈的雅溪里游动着许多草鱼和小虾，泥沙里还有喜欢“扎堆”的螺蛳。所以，潘建伟小时候，一放学，就喜欢和伙伴们上山去采兰花，或者到清浅的河滩边，用石头垒砌起一道道“小堤坝”，然后“关门抓鱼”。有时也带上小小的鱼篓去河里摸螺蛳。

潘建伟一直记得，童年时他常常坐在煤油灯旁，听爸爸讲“聊斋故事”。放学后，他一心想着和小伙伴到外面去“野”，有时把作业带到山坡上去做，父母亲也不会“抓他回去”。做完了作业，他便漫山遍野地去找野花，挖出来带回家养。

到了冬天呢，潘建伟会和小伙伴一起去打雪仗、比赛爬山……

东阳有好多比较特别的传统美食，如年糕、乌米饭、铜罐饭、东阳饧梅馃、东阳索粉、南马肉饼等等。一进入冬季，就到了年糕飘香的时节。是呀，在美丽的江南长大的孩子，谁的心中不会保存着这样的童年记忆呢？那一定是亲人们细细磨出的雪白的米粉，那一定是亲人们的双手温和地调制和蒸熟的米粉，是老奶奶们的手，是妈妈们的手，是

姑姑和姐姐们的手……在锅盖揭开的那一瞬间，也一定是热气腾腾、香气扑鼻的。

厚厚的、糯糯的年糕啊！在东阳的乡村，在故乡淡蓝色的炊烟里，打年糕的声音里，总是透着全村男女老幼的欢乐。一方方温暖的香糯的年糕，一夜间就会熏香和甜透从冬到春的农家的梦。那是高适的“故乡今夜思千里”，是黄子云的“知是邻家共迎灶”，是姜夔的“一夜吹香过石桥”，也是钱珝的“万木已清霜，江边村事忙”。

春天的时候，在雅坑村的田边溪头，能看到一种默默开放的小野花——荠菜花，小小的白色花朵，星星点点地散布在春天的大地上。荠菜也是一种野菜，又叫“地米菜”。

潘建伟会和小伙伴一起去绿油油的田野里挖荠菜，带回家让妈妈包荠菜春卷吃。潘建伟小时候很喜欢吃妈妈包的春卷。最地道、最好吃的春卷，当然是清香的荠菜馅的春卷了。在新鲜的荠菜上市的季节，在当地几乎每一个菜市场里，都能看到包春卷、炸春卷的摊位。

细心的妈妈还会把新鲜的荠菜放入水里煮一些

鸡蛋给家人吃。妈妈说，小孩子吃了用荠菜水煮的鸡蛋，一年四季都不会肚子痛。

东阳农村还有个习俗，传说农历三月初三这天是“荠菜花的生日”，这一天，老奶奶们会采回一些小小的新鲜的荠菜花，簪在小女孩们的鬓边。这是一个多么富有诗意和民俗趣味的美好节日啊！荠菜花很小，和别的花朵比起来毫不起眼，但是，她具有强大的生命力。她也是春天和大地的女儿，她的美丽，她的清香，属于春天，属于山野和大地。

荠菜花的美是属于大地的，荠菜的清香也是家乡的清香。长大后，无论走到哪里，只要一看到荠菜或炸春卷，潘建伟总会想起自己的家乡，想起吃着妈妈亲手包的美味的荠菜春卷的时候……这是他心中永远的、美丽的乡思和乡愁。

后来，在奥地利留学的时候，潘建伟惊喜地发现，多瑙河畔也生长着很多青嫩的荠菜。

当时正值春季荠菜大丰收的日子，他恋恋不舍地徘徊在群蜂飞舞的多瑙河畔。仿佛只为了重拾一份采摘荠菜的惬意，他暗自决定，等吃到了春天鲜美的荠菜之后，再去德国的海德堡完成一个计划中的实验。这个决定有点单纯，甚至带着那么一点“任性”。就这样，他“拖”过了春天才赶去海德堡。

令他意外的是，等他到了海德堡，原本计划中的那个实验，已经被其他科研小组率先做出来了。

不过，事后潘建伟这样说道：“当时，我感到有些懊恼，尤其是后来我发现在海德堡的内卡河边其实也生长着好多荠菜。但是，我很快就释然了：工作是做不完的，这个实验未能如愿先做成，下个实验再努力就是了，没有必要给自己施加那么大压力，相对轻松一些，回到实验室工作的效率反而会更高。”

是呀，春天是短暂的。在闲适中尝尝家乡美食的味道，慰藉一下远在异国他乡的那颗赤子的心，也是他前行中的动力。他明白，适时的身心休整，能让他前行的脚步更加稳健，走得更远。这样一想，不用说，海德堡内卡河边的荠菜也没能“逃”过潘建伟的锅铲。他在工作之余，像童年时代当赤脚小牧童的时候一样，跑到河边采来不少新鲜的荠菜，学着妈妈的手艺，把它们做成一道“只此青绿”的美味佳肴。他还因此获得了同事们给取的一个雅号——“海德堡大厨”。

无论是哪一个中国人，也无论他走到哪里，都不会拒绝来自家乡的食物，就像他不会拒绝那一声来自亲人的嘱咐，不会拒绝那一缕对于家乡、对于儿时的忆念与牵挂。春花秋月，柳色秋风。当二十四番花信风轮番吹过，最让人眷恋的，还是来自家乡的味道，那是我们剪不断的乡愁和永久的思念。

少年自有少年狂

吴宁台畔认依稀，亘古白云横。

趁年少，百炼钢，育革命精神。

千钧担，是学生责任，

休辜负歌山画水，弦歌不辍四时春。

三年学，莫让当仁！莫让当仁！

这首曲调铿锵、气壮山河的《东阳中学校歌》，诞生在八十多年前的抗日战争时期。当时，为了保存和延续教育与文化的种子，浙江省东阳中学的师生们，像战时的许多学校一样，冒着敌人的炮火，历经颠沛流离之苦，不断迁徙，哪怕把校舍和课堂设在荒郊野外的破庙荒祠里，或者是山沟河谷中的茅棚里，也要照样开课，让少年学子们不忘肩上的责任，继续获取新知，奋发图强，凝聚爱国的力量和精神，磨砺奋斗的勇气与毅力。

一九八四年，十四岁的潘建伟，以全年级第一的好成绩，从吴宁镇初中毕业，考入了东阳中学。

取得这样的成绩，其实并不是一蹴而就的。潘建伟刚上初中时的成绩并不好，那时他们一家刚搬到县城，比起同学们，潘建伟的基础差、底子薄，甚至在一次英语考试中只得了四十分。但是他从不服输，拉着同学练英语，追着老师问问题，真是应了校歌的歌词："休辜负歌山画水，弦歌不辍四时春。三年学，莫让当仁！莫让当仁！"

进入东阳中学后，潘建伟学会了校歌。校歌中传递出来的催人奋发向上的爱国情怀，以及充满励志精神的慷慨与刚勇之气，一下子就"俘虏"了他的心。尤其是当他渐渐熟悉了东中崎岖而光荣的校史之后，心里就更加为能成为一名东中学子而感到自豪。说起自己母校的光荣历史，还有校歌、校训、校徽这些细节，潘建伟总是如数家珍一般，心怀深挚的感恩之情。

东阳中学的校徽图案呈圆形，象征着一轮太阳，圆形中心是一个篆体的“东”字，“东”字与圆形结合，蕴含着“东阳”之意。

东阳中学的校训是“求实求真，惟善惟新”八个字。求实，就是追求扎实，务实为要；求真，就是崇尚真知，真理至上；惟善，就是追求善美，厚德和合；惟新，就是与时俱进，敢于创新。

在东中念书期间，潘建伟和他的同学们对东中杰出校友的故事耳熟能详，把他们作为自己心中的偶像与榜样。

东阳素来就有“教育之乡”“博士之乡”的美誉。截至二〇二一年，东阳籍院士已有十七位，其中十位都出自东阳中学这座百年名校，如物理学家、教育家严济慈院士，核物理学家、等离子体物理学家李正武院士，爆炸理论与炸药应用技术专家徐更光院士，电工学家严陆光院士，古生物学家金玉玕院士，植物胚胎学家王伏雄院士，海洋遥感专家潘德炉院士等。

潘建伟在东中的三年，正是在这样浓厚的教育和科研氛围中，为自己打下了坚实的基础。

二〇一一年十二月，四十一岁的潘建伟当选为中国科学院院士，成为当时中国最年轻的院士，也是东阳中学的第十位院士。闻知这个喜讯，东阳中学校园里顿时一片欢腾。老师和学生们都为东阳中学又走出一位共和国院士而备感自豪和骄傲。

在潘建伟当选院士的第二天，当地的媒体记者走进潘建伟的老家和东阳中学，请他的家人和中学时的班主任讲讲这位最年轻院士中学时代的故事。

潘建伟的妈妈张香姣是一位小学数学老师。她对记者说了这样一番话，让人不禁莞尔：“建伟从小就聪明伶俐，好奇心旺盛，什么书都能很快吸引住他，所以他从小学开始，学习方法就很灵活，因为兴趣和知识面广，各门功课也能够触类旁通，举重若轻。不过，聪明的孩子往往都会有点顽皮和好动，这也是所有孩子的天性。建伟小时候可没少让我操心呢！”

在班主任贾天法老师眼里，潘建伟简直就是“学霸中的学霸”，别的同学眼里的难题，到了潘建伟这里，无不是手到擒来、迎刃而解，好像没有什么难题能难倒这个言语不多的少年。

“不怕繁难、喜欢钻研难题的学生，性格一般都很坚强，有那么一股子永不服输的耐性和韧劲儿！”贾老师说，“在潘建伟身上，从来找不到那种绵软和娇气，而更多的是一种男孩子的阳刚之气，一种勇往直前不畏难的精神。”

让贾天法老师印象尤深、感慨良多的，还有这样一件事：潘建伟从东阳中学毕业后，顺利进入中国科学技术大学，在合肥开始攻读大学课程。大学期间，有一年放暑假时，潘建伟有过一次特别的壮举——他骑着一辆自行车，风雨无阻，披星戴月，耗时十多天，硬是从合肥骑回了东阳。

这次“千里走单骑”的壮举，让身边的同学和老师们都对潘建伟的勇气、毅力和耐力刮目相看。“少年强则国强”，老师和同学们从潘建伟身上，再次感受到了这句话的分量。

提到儿子的这次壮举，父母亲说当时着实为儿子捏了一把汗。因为潘建伟小时候体质并不是很好，高三那年，由于在学习上太拼了，加上正在长个头儿，身体看上去有点单薄，所以一听说他要骑车回东阳，父母亲都还有些担心，怕他吃不消，半路上生了病什么的。

在潘建伟的一位语文老师的印象里，少年潘建伟对任何事都有着强烈的好奇心。法国作家都德有一段描述自己童年时代的文字，借来描述这个时候的潘建伟也十分合适："小时候的我，简直是一架灵敏的感觉机器……就像我身上到处开着洞，以利于外面的东西可以进去。"

东阳中学的韦国清校长，也曾在潘建伟参加物理竞赛时辅导过他。潘建伟是让韦校长深感自豪的"东中骄子"之一。韦校长说："像东阳中学这样的百年老校，对于学生的培养，并不是完全着眼于高考成绩，也从来不以能否拿到竞赛名次'论英雄'，而是更注重对学生博雅的兴趣、阔大的情怀和锲而不舍的攻坚克难精神的培养。潘建伟的成长，就是东中校史上又一个成功的例子。"

潘建伟曾谦虚地说，他作为"学霸"的强项，并不是"死记硬背"。他觉得自己的记忆力一般，比如，妈妈就经常说他，连自己家附近的那条路的名字都记不清楚。小学时学英语、学拼音，对他来说都是很折磨人的事情。

但他喜欢思考问题，凡事都喜欢“打破砂锅璺（问）到底”，喜欢弄清楚事情的来龙去脉。特别是在物理面前，潘建伟觉得自己就像小时候挽起裤腿，欢快地蹚进雅溪里一样，如鱼得水。每一个物理题答案，都像是他网起的亮晶晶的小鱼，像他手到擒来的沙中的螺蛳。

月亮为什么绕着地球转？地球为什么绕着太阳转？卫星要达到多大速度才不会从天上掉下来？树为什么向上长？这些都可以用万有引力或者经典力学来解释和计算。在这些规律面前人人平等，过去是这样，现在是这样，将来也是这样。想到仅仅是那么几条物理学规律就可以组合出如此复杂的世界，潘建伟就觉得“安全了，心里不慌了”。

这时的潘建伟，是一个风华正茂、心比天高的少年。世界和明天在等待着这个即将如“腾渊潜龙”和“啸谷乳虎”的少年。

正如那首《少年中国说》歌曲所赞叹的：“少年自有少年狂，身似山河挺脊梁，敢将日月再丈量。今朝唯我少年郎，敢问天地试锋芒。披荆斩棘谁能挡？世人笑我我自强！……少年自有少年狂，心似骄阳万丈光。千难万挡我去闯，今朝唯我少年郎。天高海阔万里长，华夏少年意气扬，发愤图强做栋梁！”

与量子结缘

一九八七年，潘建伟高中毕业。本来，他已经获得了保送进入浙江大学的资格，但他心中另有一个梦想：进入中国科学技术大学，读物理专业。

这是因为中国科学技术大学的老校长、著名物理学家严济慈先生，就是从东阳中学走出去的一位杰出校友。

在少年的心里，爱因斯坦、普朗克、玻尔、费曼、严济慈……这一个个名字熠熠闪光，一直在吸引着他。

于是，这位自信的少年毅然放弃了保送的资格，选择参加当年的高考。结果，他如愿以偿，高分考入了理想中的中国科学技术大学近代物理系。

其实，在考虑选什么专业时，少年潘建伟也不是没有犹豫过。

学物理专业，将来前途如何？

当时社会上有一种浮躁的风气，有些人用短浅的世俗眼光和急功近利的心态看待科学家和科研工作。可是，父母亲却对潘建伟说："没关系，我们都有退休工资，你按照自己的兴趣去好好学、好好做就可以了。"

那一瞬间，他排除了功利的想法，突然发现，抉择其实很简单，只要遵从自己的内心就好。

后来，潘建伟回忆起自己当初选择物理专业的原因，其中有严济慈这位东中老校友、中国科大老校长潜移默化的影响，也有自己对这个学科发自内心的热爱。

在中国科大的前两年，潘建伟在牛顿力学、电动力学、统计力学等学科上循序渐进，都学得比较扎实。

到了大三的时候，潘建伟开始学量子力学。

回忆起自己第一次接触量子力学，做双缝实验时的情景，潘建伟回忆道："双缝实验中，人没有

‘看’电子时，就不能说它是从哪条缝过去的，这实在太奇怪了。一个人要么在上海，要么在北京，怎么会同时既在上海又在北京呢？”一直在思考，想要搞明白这个问题的潘建伟连课也听不进去了，结果导致那学期期中考试差点没及格。

神秘的量子世界，深深地吸引着潘建伟，也勾起了他去一探究竟的兴致。

然而，更深入地了解之后，他发现一连串的谜团接踵而至，使他有点“蒙圈”的感觉。

比如说，传统的牛顿力学告诉我们，一切东西的物理量，从理论上讲都是可以计算出来的，只要给出一个初始条件，就可以计算和预测出诸如物体的位置等，甚至可以计算出月球的轨迹。

然而，量子力学却颠覆了我们的固有观念，跟我们在中学时代学到的那些物理定律完全不一样。量子力学告诉我们，微观世界里那些微小的粒子，在特定条件下，能同时既在桌子上，又在地板上，既在北京，又在上海，就跟神话故事里的孙悟空、二郎神等人物的“分身术”一样。这种奇异和神秘的现象，被称为“量子叠加”。

而当量子叠加从一个粒子扩展到了两个或两个以上的粒子时，就会出现另一种新的现象，就是“量子纠缠”。当两个粒子发生纠缠，哪怕相隔十分遥远，一个在天上，一个在地上，当人们对其中一个进行测量，改变了它的状态时，另一个粒子的状态，也会同时发生相应的改变……

这些神秘的现象，让潘建伟如同行走在一步一景、曲曲折折的山阴道上，应接不暇，流连忘返。

潘建伟的性格里，有一种浙东人特有的执着和执拗。量子世界越是古怪，越是神秘莫测，就越能挑起潘建伟的好奇心。他不喜欢在平坦的草地上徜徉，而更喜欢去挑战崎岖的山路，甚至是悬崖险峰。他喜欢这种具有挑战性的“对手”。

像爱丽丝漫游奇境一样，潘建伟一步步走向了量子力学的奇境，并且不知不觉地身陷其中。他曾对中国科大老校长朱清时先生说过这样的看似谐谑，实则十分庄重的话：“只要我把为什么会有量子纠缠弄明白的话，我马上就可以死。但是现在又不能马上搞清楚，所以我又希望活得长久一些。我特别想看到对这个问题的解答。”

潘建伟曾给朋友们讲过自己的一次有趣的经历：有段时间，他一直在思考量子理论和广义相对论之间的关系。有一次，他竟然做了个奇怪的梦，梦到自己挥动着一把刀，正在用力砍向宇宙……

古老的中国神话里，有吴刚在月宫里不停地砍着桂树；西方神话里有西西弗斯不停地推着巨石上山。而在潘建伟的梦境里，自己就像吴刚一样，在挥动着砍刀，不停地砍着辽阔无边的宇宙。结果，把庞大的宇宙砍成了一块块碎片……砍着，砍着，他忽然觉得自己发现终极理论了！不由得一阵激动和狂喜……结果，笑声把自己从梦中搅醒了！醒来之后发现，自己手上没有砍刀，眼前也没有宇宙的碎片，原来只是一个梦！那一瞬间，他感到了深深的落寞和失望，好像已经拥有的一件东西突然失去，顿时两手空空了一样。

日有所思，夜有所梦。可见，量子世界就是这样在不断地“纠缠”和“折磨”着潘建伟，让他沉浸在一些“白日梦”里，也让他穿越现实和梦境，仿佛“死去活来”一般。

潘建伟身陷量子世界的迷思之中，正在付出无穷的耐心，试图去探索、理解和丈量出量子世界的规律与边际。

雅号“阿尔伯特”

大学时期，潘建伟对阿尔伯特·爱因斯坦的一些理论非常着迷。爱因斯坦简直成了他心中唯一的偶像和精神导师。一套商务印书馆出版的三卷本《爱因斯坦文集》，成了他爱不释手的“宝书”。

“在我们之外有一个巨大的世界，它离开我们人类而独立存在，它在我们面前就像一个伟大而永恒的谜，然而至少部分地是我们的观察和思维所能及的。对这个世界的凝视深思，就像得到解放一样吸引着我们……通向这个天堂的道路，并不像通向宗教天堂的道路那样舒坦和诱人，但是，它已证明是可以信赖的，而且我从来也没有为选择了这条道路而后悔过。”

这段话出自《爱因斯坦文集》里的《自述》。爱因斯坦不愧是一位伟大的科学天才，他笔翰如流，文采飞扬，对科学研究的激情如江河般汹涌奔腾。

这一切都十分合乎年轻的潘建伟的口味。于是，整个大学期间，潘建伟几乎天天要拥着《爱因斯坦文集》入梦，以至于同学们在背后送了他一个雅号——阿尔伯特。

很多年之后，潘建伟仍然念念不忘自己第一次读《爱因斯坦文集》时的欣喜。他说那简直就是一种天籁之音，仿佛来自天外的神秘召唤。那种感觉，他少年时代坐在家乡的香鸾山上，凝眸晚霞、遥望远方的时候曾经有过；他坐在中学母校的草地上仰望星空、陷入幻梦和冥想的时候也曾经有过……而他自己却无法清晰地说出和解释这种感觉。阅读《自述》的那一刻，他觉得豁然开朗，如梦方醒。是的，爱因斯坦给他解释清楚了这种“冥想”与“迷思”。

《爱因斯坦文集》这套“宝书”，也成了潘建伟心目中最珍贵的一件“精神礼物”。后来，商务印

书馆出版的三卷本《爱因斯坦文集》，从当初的淡绿格子条纹封面，改版变成了橘黄色书脊的素白封面。潘建伟已记不清自己买过多少套了，反正他的弟子们人手一套，都摆在各自办公室的书桌上。

弟子们经常从潘建伟口中听到的那些振聋发聩的“教诲”，也已经很难分清哪些是爱因斯坦的话，哪些是潘老师的话了。

比如，潘老师常提醒弟子们说，在科学的殿堂里有三种人：一类人将科学视为特殊娱乐，从中得到思考的快感和雄心壮志的满足；第二类人则纯粹是出于功利的目的；而第三类人，渴望发现那些普遍的基本定律，也就是莱布尼茨所说的“先定和谐”，比起更令人愉快或更容易达到的目标，它更需要人们有无穷的毅力和耐心。

让潘建伟感到自豪的是，他和他的团队，一直在朝着成为属于少数的第三类人努力。

当然，这些都是后话了。现在，我们仍然回到被同学们戏称为“阿尔伯特”的年轻的潘建伟，以及他的量子研究上来。

《爱因斯坦文集》作为引领潘建伟走向物理世

界的“启蒙之书”，伴随他度过了在中国科大读书的数年光阴。

接触到量子力学之后，量子世界的诡异特性令潘建伟着迷，因此他确立了自己的奋斗目标：与量子打交道、交朋友。潘建伟集中研究和总结了量子力学的各种佯谬作为本科毕业论文内容。毕业后，他继续攻读理论物理硕士学位，理论基础的加深使他对量子的脾气摸得更透了。

在后来的日子里，随着潘建伟在量子世界中越走越远，经过二十多年追根究底的苦苦探索，尤其是在他带领团队研制的“墨子号”量子科学实验卫星问世之后，爱因斯坦的一些观点，被潘建伟给彻底“改写”了。

“从爱因斯坦提出引力波的概念，到探测到引力波，用了整整一百年时间。我们希望，同样是在爱因斯坦提出量子纠缠的概念后的一百年内，我们将最终实现对量子力学非定域性的终极检验。”在一个学术论坛上，潘建伟这样说道。

这时，有人在底下窃窃私语，笑着说：“肯定——否定——否定之否定，潘院士这是要推翻他青年时代的精神偶像的观点呀！”

“这有什么大惊小怪的？科学，不就是永远在探究本原，追求真理吗？‘吾爱吾师，吾更爱真理’嘛！”又有人小声说道。

在中国科大完成硕士毕业论文后，潘建伟明显感觉到，量子力学中的各种神奇的现象，需要更尖端、更前沿的实验技术才能得到验证。然而，那个年代，国内量子实验和研究的整体水平还比较落后。他的一些大胆的想象与“迷思”，在国内是无法完成实验的。这是潘建伟面临的一个现实问题。

于是，原本没有出国留学打算的潘建伟，考虑再三，还是做出了留学深造的决定。

他心里清楚，当时世界量子力学研究的前沿阵地就在奥地利。在奥地利的因斯布鲁克大学，有一位非常活跃的量子物理学家安东·塞林格，他所领导的量子国际研究小组，是当时在量子实验领域走在世界最前沿的一支团队。

一九九六年，二十六岁的潘建伟做出了一个坚定的选择：去奥地利，到因斯布鲁克大学攻读博士学位。

追梦的翅膀

一九九六年，潘建伟背着简单的行囊，来到了阿尔卑斯山谷中美丽而古朴的奥地利小城因斯布鲁克。他的量子梦，在这里展开了飞翔的翅膀。

因斯布鲁克是个漂亮得像童话城堡的小城，因濒临清凌凌的因河而得名，意为“因河上的桥”。

如今，这里已成为世界旅游和滑雪胜地，先后有两届冬季奥林匹克运动会在这里举行。站在因斯布鲁克城的任何一个地方，只要抬头仰望，都能看到阿尔卑斯山白雪皑皑的山峰，还有常年被雪光映照着，从而显得更加湛蓝的天空。

小城郊外有许多精致而舒适的木屋旅馆，供来自世界各地的游客居住。小城里面还有不少古老的教堂，哥特风格的高高尖顶直冲蓝天，与远处的雪峰交相辉映，让这座小城显得清奇多姿。

这座小城还是有名的大学城。因斯布鲁克大学的各个校区，也散落在这座美丽的小城里，吸引了来自全世界的年轻学子。

冬日里，小城四周是阿尔卑斯山皑皑的雪峰。到了春天，小城郊外却是另一番春意盎然的景象。每一棵野樱树都披上了粉红色的衣衫，每一朵小小的蒲公英都戴上了迷人的金冠。葡萄园里的葡萄藤都泛着青绿的颜色，它们就像少女们的手臂和腰肢一样婀娜柔软。低矮的橄榄林刚刚苏醒，嫩嫩的叶片上都沾满白色的绒毛。大片大片的苜蓿花正在盛开，好像从人们脚下一直开到了天边。高大的橡树像风度翩翩的美男子，正深情地守望在田野边。不知是金色阳光的光斑，还是一只只蝴蝶，从山冈飞下来，在因河畔的绿草地上，在公路边的木屋四周忽隐忽现，就像欢舞的小精灵……

古朴而优雅的小城，好像在与时间和现代物欲的比赛中赢得了胜利。它安恬的秩序、优雅的风尚，再加上花园一样的田野，还有常年不化、光芒闪耀的雪山白头，就是最好的证明。

潘建伟一来到这里，就深深地爱上了这座美丽的小城。在他的心目中，自己家乡东阳的青山绿水已经够美的了，没想到，来到了因斯布鲁克，还有雪峰、木屋、橄榄林和花园般的田野这样的浪漫美景。

当然，潘建伟心里十分清楚，这里不是他的家，他只是这里的过客。他来到这里，不是为了享受异国的浪漫，而是为了求学，为了他的量子梦想。

他如愿以偿，师从塞林格教授开始攻读博士学位。

第一次见面时，他的导师塞林格问他："潘，你的梦想是什么？"

潘建伟不假思索地回答说："我的梦想就是，在中国建一个和这里一样的、世界一流的量子实验室。"导师听了，不禁露出惊讶的表情，但旋即极其赞赏地点了点头。

因斯布鲁克大学是奥地利规模较大的一所综合性大学。该校创建于一六六九年，已有三百多年校史。

因斯布鲁克大学开创的构建量子计算机的基础工作，早已产生了国际影响。作为欧洲量子技术旗舰计划的一部分，因斯布鲁克大学物理系的研究人员，一直在致力于量子计算机及其原型机的研制。

一九四五年出生在奥地利的安东·塞林格，是全球量子物理基础检验与量子信息实验领域的先驱和重要开拓者之一。

塞林格与合作者在国际上率先开展中子、原子、大分子的量子干涉实验；实现了无局域性漏洞、无探测效率漏洞的量子力学非定域性检验；提出并在实验中制备了首个多粒子纠缠态，在量子力学基础检验和量子信息中起着关键作用。

当潘建伟成为塞林格的学生之后，尤其是在潘建伟学成回到中国后，他与这位中国学生、与中国科学院等机构又开展了一系列新的、密切的合作。塞林格的团队参与了中国科学院主导的洲际量子通信实验，在国际上首次实现北京–维也纳两地量子保密通信。这项成果入选了美国物理学会评选的二〇一八年度国际物理学十大进展。塞林格也获得了中国授予的“墨子量子奖”等荣誉，并当选为中国科学院的外籍院士。

有人说，回过头去看，不能不佩服潘建伟选择导师和研究方向的眼光。

他本来是学习理论物理出身的，但在选择导师时却独具慧眼，几乎是从零起步，果断地由理论物理迈向了实验物理。

这当然与我们前面讲过的，他在写完本科论文之后，就清晰地感觉到许多的前沿理论需要更为尖端的实验技术来验证有关。

果然，没过多少年，塞林格因为在量子物理和量子信息领域的杰出贡献，先后被授予沃尔夫物理学奖、国际量子通信奖、牛顿奖、笛卡尔奖、沙特阿拉伯费萨尔国王国际奖、德国最高十字勋章、奥地利国家功勋金质绶带勋章等重要国际奖项和荣誉。沃尔夫奖历来也被视为诺贝尔奖的风向标。

当然，也不是没有闹过笑话。

初生牛犊不怕虎。投到塞林格门下之后，潘建伟雄心勃勃，锋芒毕露。有一天，他仿佛“脑洞大开”，特别兴奋地向导师和研究小组的同事提出了一个量子态传输的理论方案。

他在实验中发现了一个有趣的现象：通过特定操作，可以利用量子纠缠，把一个粒子的状态传递到另外一个粒子上，而不用传递这个粒子本身。

他满心欢喜地以为，这一定是一个“爆炸性”的方案，是他独立思考和实验所得。殊不知，当他在实验室的小组会上兴奋地提出了他的发现后，竟然没有一个人激动和提问，导师和同事们都十分友好地笑了笑。

这是怎么回事呢？难道他的方案“爆炸性”不够吗？

“潘，你知不知道量子隐形传态？”一个同事提醒他说。

后来他才弄明白，原来这个方案几年前就有外国科学家提出来了，就叫作“量子隐形传态”。

弄清楚了实情后，潘建伟明白自己闹了笑话。原因就是，当时他在国内获得相关文献的渠道实在是太过狭窄，信息滞后，竟然一点儿也不知道，自己的这个“爆炸性”方案其实早就有人提出了，而且，塞林格的实验室正准备做这个实验。

但他这次闹出的笑话，也让所有人一下子看到了潘建伟惊人的天赋。潘建伟坚定地要求加入这个实验，塞林格欣然同意了。

于是，潘建伟作为新成员，参与到了塞林格实验室正在进行的量子隐形传态这个最前沿的实验之中。

山谷中的奇遇

凡是去过奥地利旅游的人，都不会错过去亲近阿尔卑斯山白雪皑皑的雪峰，欣赏山谷间的飞瀑和野花的机会。

喜欢阅读的小读者，一定读过一本世界儿童文学名著《海蒂》，或者看过根据这部小说改编的电影或电视剧。这本书的作者名叫约翰娜·斯皮利，是一位瑞士女作家。她在书中这样描写阿尔卑斯山谷中的美景："一条小路，穿过绿色的田野，一直通到山顶上。从山下望去，一座座小山峰却显得高大庄严，耸立在山谷之巅。小路朝小山上延伸，四周不断飘来矮草和山间坚硬杂草的阵阵清香。路变得越来越陡峭，径直通向山顶……"

阿尔卑斯山谷中还有一条大路，两旁长满黑松树，景色极美。春天的山崖上，开满了火焰般的杜鹃花和各种姹紫嫣红的小野花。路旁还竖立着一块巨型广告牌，上面写着这样一句话，提醒游人：

“慢慢走，欣赏啊！”

这句话，也曾被美学家朱光潜老先生引用在他的那本名著《谈美》里。

潘建伟在因斯布鲁克留学期间，学业繁重，他常常通过散步，让自己静下心来思考，获得研究的灵感。他知道，人要学会休息才能更好地出发，急功近利只会束缚住自己的手脚。

有一次，他被一个难做的实验折磨了好久，于是，在一个周末，他独自走出校园，来到阿尔卑斯山谷中，走进大自然的怀抱里，快乐地“放飞”了一次自己。

就是这次简单的外出旅行，给了他一个意外的惊喜！

在一个美丽的乡村，他遇到了一位已经八十多岁、满头白发的外国老奶奶，两人攀谈起来。让他万万没有想到的是，这位老奶奶竟然知道他！

当得知他在研究量子隐形传态之后，老奶奶微笑着告诉他："我读过你在《自然》杂志上发表的科学文章，不过没有读懂。"

一位八十多岁的老奶奶，竟然会有兴趣去阅读那些非常难懂的科学杂志，她该是有着多么宝贵的好奇心和求知欲啊！

这件事，给潘建伟带来了极大的触动。

后来，他在给孩子们讲故事、讲科学的时候，分享了自己的这次奇遇。在他看来，如果大家对科学没有像老奶奶那样的好奇心和求知心，没有那种强烈的冲动的话，我们就很难有活跃的想象力，也很难有创造的激情，我们的国家也难以成为一个真正的创新型国家。

这次奇遇也让潘建伟再次想到自己年轻时代的偶像爱因斯坦。爱因斯坦毕生钻研的科学问题，尤其是相对论，高深莫测，很难为公众所理解，但这并不妨碍世人对科学家爱因斯坦的尊崇。

爱因斯坦曾在普林斯顿大学校园里工作过多年，曾给爱因斯坦画过肖像的巴伐利亚画家约瑟夫·萨尔曾这样问一位老校工："对爱因斯坦科学著作的内容毫无所知的人，为什么也会这样仰慕他呢？”

这位老校工回答说：“很简单，当我想到爱因斯坦教授时，有这样一种感觉：仿佛我已经不是孤孤单单一个人了。”

潘建伟认为，老校工的这种感觉，正好与爱因斯坦在《我的世界观》里说过的一段话相互辉映。爱因斯坦说：“我每天无数次地提醒自己，我的精神生活和物质生活，都依赖于我的同时代人和我们的先辈的劳动，我必须尽力以同样的分量来报偿我正在领受和将要领受的东西。”

对于科学大师的这段话，潘建伟不仅烂熟于心，而且一直奉为圭臬。

就在潘建伟来到奥地利的第二年，他参与的塞林格团队的量子隐形传态实验，成功地把一个粒子的状态从一个地方传到另外一个地方。身为博士研究生的潘建伟，以第二作者的身份，与同事一起发表了题为《实验量子隐形传态》的论文。这项实验成果，被公认为量子信息实验领域的“开山之作”，引起巨大轰动；而这篇论文，也与“爱因斯坦建立相对论”等划时代的论文一同被《自然》杂志评为“百年物理学二十一篇经典论文”。

数年之后，二〇〇四年，还是塞林格领导的这个团队，利用多瑙河底的光纤信道，又成功地将量子隐形传态距离提高到六百米。

潘建伟回国后，带领中国科大和清华大学联合小组在北京八达岭与河北怀来之间架设了长达十六公里的自由空间信道，取得了一系列关键技术突破，最终在二〇一〇年成功实现了当时世界上最远距离的量子隐形传态。此后不断刷新这个纪录，始终保持着世界领先地位。

作为潘建伟的导师，在说到潘建伟和中国科学家团队在量子技术方面的研究成果时，塞林格表示了由衷的敬佩和赞赏。他说：“潘建伟与他的团队取得的成就令人瞩目，而且得到了中国政府的大力支持，与西欧任何一个国家相比，对这些项目的运作都更加系统化。”

尤其是当潘建伟带着团队成功发射了全球首颗量子科学实验卫星“墨子号”之后，塞林格充满自豪地说道：“潘建伟在奥地利待了八年，完成了博士的课程学习以及博士后的研究工作，他在选择研究领域时非常具有策略性，他还是一位充满激情的科学家。”

有了在塞林格实验室学习和研究的经历，又有了祖国强大的支持，潘建伟学成回国后，追梦的脚步更加自信和坚定了。为了实现他心中美好的量子梦，他和同事们专心致志、孜孜不倦，付出了“探梦不止、追梦无惧”的十多年！因此他被人们称为量子世界的“探梦者”和“追梦人”。他的量子研究团队，也被大家称为“梦之队”。

当然，这些都是后话了。

回顾自己的追梦之路，潘建伟这样说：“是故乡的田野和亲爱的祖母亲哺育、培养了我，把我送进了大学、送到国外学习，让我成为一名科技工作者，我应该永远怀着一颗感恩的心，用自己的全部智慧和才能，报效祖国母亲！”

神奇的量子世界

在科学的新星不断升起，人类思想、文学、艺术的群星交相辉映的世纪，正在阔步奔向浩瀚星宇的年轻的科学骄子，将去哪里寻找自己的位置呢？

潘建伟在奥地利留学期间，每年都会利用假期回到自己的母校中国科大讲学。他这样做，一方面是在向母校的学子们传递前沿新知；另一方面，是希望激发一些青年学子的兴趣与激情，让他们早早地进入量子信息世界寻找梦想。

量子的世界是神奇的，也是神秘的。它的神秘性，几乎无法用语言来描述。所以，即便是科学家，在谈论量子力学、量子通信、量子纠缠这些名词时，也时常采用打比方的方式，试图让人们理解

和懂得其中的几分奥妙。

小读者们要想走进潘建伟院士研究的世界，当然也需要先学习一下神奇的量子力学的知识，了解几个基本的专业名词。

首先，我们来了解一下，“量子”是什么。

我们把时间的指针拨回到十九世纪。那时，富有探索精神的物理学家们正在为光究竟是微粒还是波而争论不休。

在中学物理课上，你们将会学习做光的双缝实验。一束光，在穿过两条相距很近的细缝后，投射到缝后的屏幕上，会出现明暗相间的干涉条纹。这种现象，就是“波”的典型特征。水波、声波、光波都会产生明显的干涉现象，因为波是可以同时穿过两条缝的。经典物理学认为，光是一种电磁波，所以才会出现干涉现象。

可经典物理学却没有办法解释“光电效应”——用光照射金属可以从金属内部打出电子，形成电流。如果光是波的话，电子应该在接受足够的光的能量后就被打出来。然而事实上，光的频率必须要高达某个值时才能打出电子，低于这个频率无论照射多长时间都无济于事。

这就像电子有一个缸，如果能把缸里装满能量，它就能从金属内部逃出来。如果光是波，它的能量就应该是连续不断、可以无限细分的，电子收到多少能量就能积攒多少能量，直到把缸装满。但现在我们却发现，这个缸必须得一次性就装满，如果用一个桶把能量一桶一桶倒进去，就一直装不满。

这实在是太奇怪了，那光还是电磁波吗？

一九〇〇年，年轻的德国物理学家马克思·普朗克发表了一篇划时代的论文，第一次提出了“量子”的概念。他认为，光的能量不是连续的，而是一份一份的，这一份就是一个“量子”，大小与光的频率相关。

受到普朗克的启发，爱因斯坦提出，光是一种粒子，他称之为“光量子”或者“光子”，光的本质上就是一份一份的能量。光电效应中，电子一个一个地吸收光子，所以每个光子的能量要足够大，才能让它跳出原子，变成自由电子。这完美解释了光电效应，科学家们终于得到了一致的结论——光既是波也是粒子，具有“波粒二象性”。

后来，丹麦物理学家波尔把量子理论从光子扩展到了原子、原子核和电子等微观世界中的粒子。紧接着，法国物理学家德布罗意提出了“物质波”的概念，他大胆假设，认为光既然可以有波粒二象性，那么原子、电子等粒子也可以有波粒二象性，这些粒子本身也是一种波，就是“物质波”。

受到这些理论的启发，一九二五年，德国物理学家海森堡建立了矩阵力学，正式宣告量子力学的诞生。一九二六年，奥地利物理学家薛定谔写下了著名的薛定谔方程，建立了波动力学，为量子力学奠定了坚实基础。

不过，物理学的发展过程就是观测、验证和争论不休。

我们刚说到了物理学家们十九世纪在为光是“波”还是“微粒”而争论，最后以“波粒二象性”终结，量子力学横空出世。

到了量子力学这里，物理学家们又分成了两派。他们是为了什么问题而争吵呢？

我们可以再次回到光的双缝实验上。现在物理学家已经知道了，光是由很多很多的小光子组成的。于是他们就想，如果把单个的光子拿来做双缝实验，是不是就不会出现干涉条纹了呢?

令人困惑的现象出现了!

在单次实验中，单个光子可以随机出现在很多地方，但是重复很多次实验以后，光子的分布竟然也和干涉条纹一样。难道单个的光子也像波一样，可以同时穿过两条细缝？这怎么可能呢?

物理学家们决定“站”在细缝旁“看看”。没想到，结果更令人困惑了。

单个的光子的确是从其中一条缝隙里穿过去的，但当这个光子的路径被看到后，干涉条纹竟离奇消失了。

最后，物理学家们得出了这样的结论：如果知道了光子的路径，就看不到干涉条纹；如果出现了干涉条纹，我们就无法判断光子的路径。也就是说，光子走的路径，竟然和人们是否去观测它有关!

这个奇特的现象，引起了物理学家们的激烈争论，他们很快又分成了两派。

一派以物理学家爱因斯坦为代表。爱因斯坦提出了一个形象的说法："上帝不掷骰子。"他坚信，一定存在某个隐藏的变量在决定每次测量的结果。光子的路径也一定是预先确定的，跟人们是否观测无关。

另一派以物理学家玻尔为代表。玻尔认为，光子的路径在测量之前是不确定的，它可以同时处于通过左缝和通过右缝的量子叠加状态。在测量的瞬间，才会"坍缩"到其中一条路径上。

到这里，我们还要了解一下，在量子世界里的一个很有意思的现象"量子纠缠"。

"量子纠缠"这个概念，是爱因斯坦在一九三五年首先提出来的。爱因斯坦认为，如果量子力学的完备性具备了，那么，就一定会有一种"纠缠态"产生：对一个粒子的观测结果，会瞬间决定对另一个粒子的观测结果。

潘建伟给记者朋友解释什么是量子纠缠时，曾打了一个有趣的比方："量子纠缠用通俗一点儿的话来说有点像心电感应。比如说我们俩现在见过面了，达成了一些默契，然后你飞到香港去，我在北京待着。虽然咱们没有任何的联系，但你特别高兴的时候我也会特别高兴，你特别痛苦的时候我也会特别痛苦，量子纠缠就有点类似于这样的现象。”

不过，爱因斯坦提出“量子纠缠”，是为了证明量子力学是有问题的。如果你在香港，我在北京，相隔约两千公里，你高兴时我也高兴，分毫不差，这种跨时空的关联速度已经超出了光速。但相对论是不允许物质的运动速度，或者说不允许能量、信息的传递速度超过光速的。爱因斯坦认为粒子间这种 “遥远地点之间的诡异互动”，一定存在某个隐藏在量子力学背后的物理规律在决定粒子的行为。

波尔这一派的物理学家们可不这么认为。他们认为量子力学是对的，微观世界可以用量子力学的概率性来描述，没有什么一个隐藏的规律在决定每个结果，也就是说，“上帝是掷骰子的”。

直到一九六四年，也就是爱因斯坦提出“量子纠缠”这个概念的三十年后，有一位名叫约翰 · 贝尔的英国科学家，提出了一个验证方案，成为解决爱因斯坦和波尔两派争执的有力方式。

这个验证方案的原理非常简单。如果爱因斯坦是对的，那么测量两个相距非常遥远的粒子A和粒子B，用它们之间的距离除以测量所花的时间，如果结果大于光速，那么粒子A和粒子B彼此之间不会影响，它们的行为都是自己决定的，应该符合经典的概率模型。

贝尔用这个验证方案推导出了一个不等式——贝尔不等式。贝尔不等式比较复杂，可以将其简单理解为通过测量和计算一个值，来判断谁对谁错。

后来美国物理学家克劳泽等人提出了更有利于实验验证贝尔不等式的“CHSH不等式”，如果爱因斯坦是对的，那么这个值要小于等于2；如果量子力学是对的，那么这个值就大于2。这样就可以通过实验验证到底谁对了。

一九八二年，法国物理学家阿斯佩第一个完成了贝尔不等式的验证实验。随后，塞林格等科学家也做了一系列的实验检验贝尔不等式。二〇一六年，潘建伟带领团队发射的“墨子号”量子科学实验卫星在上千公里的星地距离上检验了贝尔不等式。

结果是：几乎所有的实验结果都证明，爱因斯坦错了，量子力学是正确的。

贝尔不等式的证明过程，虽然看上去是那么简洁，但在量子力学界却影响甚大。有些科学家甚至认为“贝尔不等式是科学史上最深邃的发现之一”。它带给了我们一个非常好的结果：物理量的值，不是预先确定的，而是只有测量它的时候，才会确定；测量的结果也是随机的，观测者的行为会影响体系的演化。

这也是量子力学与牛顿力学原理的根本区别所在：

通过牛顿力学原理，只要能测出物体的位置和速度，就能预测它以后的运动情况。扔一个石子，你可以知道它何时落在哪里；发射一颗卫星，你可以知道它什么时候经过我们的头顶。也就是说，任何物体的运动状态，都可以被精确预测。

而量子力学第一次将人的行为（也就是观测）和物质的演化结合了起来，人有自主决定意识，人的行为也可以影响到体系的演化。

潘建伟在给学生们讲课时曾问过这样两个问

题：一是这个世界究竟是“决定论”的，还是本质上是不确定的，人类是可以有自主意识和自由思想的呢？二是假如世界本质上是不确定的，那么能不能从物理学上证明这一点呢？

现在，你了解了这些量子力学的知识，心中应该已经有了答案。

潘建伟的学生也兴致勃勃地提出了自己的看法：既然我们的世界不是预先确定的，不是“决定论”的，那么，有了这样的理念之后，我们是不是可以充分发挥人的自主决定意识，去做更多有趣的事呢？

说得对极了！

潘建伟院士笑着举例说，比如，经过几十年的努力，科学家们可以操纵一个个的光子，然后把这些光子“粘”在一起来进行“纠缠”，从对量子规律被动的观测和应用变成对量子状态的主动调控和操纵，这就是量子信息科技。

在未来的科技发展中，量子信息科技的作用和潜力是巨大的。

比如量子通信，就是利用量子“即使分隔和分散，也能构成一个整体”这个奇特的特点，来实现远距离的通信的。它可以从原理上提供无条件安全的通信方式。当信息科技飞速发展时，一些事关信息安全层面的难题就会变得十分迫切。有了量子通信技术，就能保障信息的传输安全。

为什么这么说呢？

比如，张三要给李四传送密钥，可用单光子来传送。首先，单光子不能再被分割了，因此“窃听者”不能偷走“半个”光子来看看它到底是什么状态。其次，张三送的时候，这个光子有干涉条纹，如果中间有“窃听者”，那么光子就被扰动了，李四收到时光子就没有了干涉条纹。只要发现光子没有了干涉条纹，就意味着密钥被人“窃听”过。这样，通信双方可以立刻丢弃存在泄密风险的密钥，确保密钥的安全分发。

量子信息科技另一个可靠的应用，就是量子隐形传态。它利用量子纠缠把微观粒子所携带的量子信息安全而快捷地从一个地点送到另外一个地点，而不用传送这个粒子本身。

量子计算机也是量子信息技术的直接产物。

在传统的计算机里，一个比特只能处于“0”或“1”这两种状态之一；而在量子计算机里，按照“量子叠加”原理，两种状态可以同时存在。随着量子比特数越来越多，同时叠加存在的状态数是呈指数级增长的。因此，量子计算机有着远超经典计算机的并行计算能力。利用量子比特这样一种叠加的性质，我们可以设计一些相关的算法。这些算法可以快速分解大数、快速求解线性方程组等等。比如，利用万亿次经典计算机分解一个三百位的大数需要十万年以上的时间，而利用同样计算速率的量子计算机只需要一秒钟就可以。这种超强的计算能力可以应用到很多地方，气象预报、药物分析、基因分析、经典密码破译等都是这个领域重要的应用。

量子信息技术还可以大大提升测量精度，对时间、频率、加速度、电磁场等关键物理量进行高精度与高灵敏度的测量。它和我们的日常生活息息相关，通过量子精密测量，可以实现更精准的医学检验，更精确的导航，对环境污染更严密的监测等等。

潘建伟院士的团队也在进行量子精密测量的工作，他曾对记者举过一个例子来解释其在导航中的应用：“例如直升机在大海上方飞行时可以看到水底下的潜艇的活动。按照现在的技术水平，陀螺仪装在潜艇里，过一两周就要浮上水面接受天上的北斗卫星位置的校准，而如果使用量子测量，一百天的误差也只有几百米，不用浮上来，也就不容易被发现踪迹。”

当我们对神奇的量子世界有了以上浅浅的认识和大致的了解之后，我们就可以像一群等待在博物馆门前的参观者，敞开自己的好奇心，也展开自己想象的翅膀，继续走近潘建伟院士和他的“梦之队”了。

组建“梦之队”

量子力学问世后，一直被人们戏称为“男孩物理学”。这是什么意思呢？

原来，有关量子力学的许多原理，几乎都是一些年轻的科学家提出来的。比如，爱因斯坦在一九〇五年提出光量子假说时，二十六岁；玻尔在一九一三年提出原子结构理论时，二十八岁；海森堡在一九二五年创立矩阵力学时，二十四岁，在一九二七年提出测不准原理时，二十六岁。

著名理论物理学家、量子力学奠基人之一玻恩，一九二一年在哥廷根大学担任理论物理学教授时，著名数学家希尔伯特建议他把数学家和物理学家联合起来研究物理学。于是两人联合创办了一个“物质结构”理论班，以及各种讨论班，如“初学者讨论班”“晚上讨论班”等，学术氛围非常浓，大大开阔了青年学生们的眼界。玻恩给学生们讲课时不拘小节，常和学生一起散步、野餐、演奏乐曲。因为有一大批对理论物理和量子力学感兴趣的青年才俊（包括海森堡等）聚集在他身边，所以人们也把他创办的这个理论班戏称为“波恩幼儿园”。

费曼是第二次世界大战之后最受人爱戴，也最具影响力的理论物理学家之一。有人说，费曼之于量子力学，就像爱因斯坦之于相对论，霍金之于黑洞理论一样，如雷贯耳。有意思的是，所有的人都称费曼为“科学顽童”。这是因为，费曼不仅是一个物理天才，还是一个特别喜欢恶作剧的“顽童”。无聊的时候，费曼喜欢捉弄他的科学家同事，例如锁上别人的抽屉，藏起同事的科学笔记等。这位“科学顽童”的故事后来也被他的朋友写进了一本书中，书名叫《别闹了！费曼先生》。

上面这些例子说明，从事量子物理学研究的人，多半是一些年轻好玩的科学家。

二〇〇一年，潘建伟回到母校中国科大。当时，幼小的女儿天真地问他：“爸爸，你不是说奥地利和阿尔卑斯山很美吗？为什么要回国呀？”

潘建伟笑着说：“再美的风景，也是别人家的呀！因为爸爸是中国人，所以要回来为祖国做事呀！”

回国后不久，在中科院、科技部等主管单位和中国科大的支持下，潘建伟开始筹建量子物理与量子信息实验室，组建量子信息研究团队。

潘建伟和他的团队，后来被人称为量子“梦之队”，国外的同行也称他们为“潘之队”。“潘之队”的成员，也几乎都是一些“科学顽童”。

潘建伟在中国科大读本科时，同学们就借用阿尔伯特·爱因斯坦的名字，给他起了“阿尔伯特”这个绰号。绰号里当然含有几分赞美和期许的褒义，期许他成为未来的爱因斯坦。绰号的另一层意思，大概是说他在日常生活中，也总有几分爱因斯坦式的“顽皮”和“恶作剧”。

比如，从中学时代起，潘建伟就一直把爱因斯坦当成自己的偶像。他写本科毕业论文时，一直选择站在自己偶像的一边，潜心探寻量子世界的秘密。然而，不知不觉地，经过多年“孤身走我路”的研究，取得了令人瞩目的成果之后，人们笑称，他所有的实验结果都在证明：爱因斯坦的观点是错的！也就是说，他从最初自己偶像的维护者，最后变成了自己偶像的反驳者。这就有点“顽皮”了吧？当然，从另一个角度看，“吾爱吾师，吾更爱真理”，这也是所有探究真相、追求真理的科学家所秉持的一种严谨的科学精神。

再比如，潘建伟身为一名“七〇后”，又曾经是中科院最年轻的院士，却在短短数年间，为国家培养出了多位更加年轻的“量子鬼才”。他和他年轻的团队，像一个志同道合的“科学顽童班”，从五光子纠缠到十光子纠缠，一路保持世界领先，敢于与量子“纠缠”到底，硬是把“量子隐形传态”从神秘的科幻世界带进了眼前的现实，实现了距离和维度的多次跨越。二〇一六年“墨子号”量子卫星成功发射，随后量子密钥分发、量子隐形传态、量子纠缠分发在一千公里以上的尺度上实现。中国的量子保密通信，率先从“梦幻王国”迈入了实打实的产业化轨道。当量子计算机和量子精密测量的基础研究日益成为科技大国的“必争之地”时，潘建伟和他的团队却以提前十五年以上的前瞻性目光，自信满满地让我们国家在这些前沿领域牢牢占据了国际舞台的一席之地……

平均年龄不过四十岁，却创造出了令人惊叹的成就！人们只能用“梦之队”和“非凡奇迹”等字眼来形容他们了。

你们一定还记得，一九九六年潘建伟远赴奥地利，在师从量子实验物理学界的权威塞林格教授攻读博士学位时，塞林格曾问他：“你的梦想是什么？”

时年二十六岁的潘建伟，不假思索而又踌躇满志地回答道，回中国，建一个世界一流的量子物理实验室。如今，他的梦想早已落地成真，而且正在朝着更高远、更宏大的地方飞去。

现在，我们来看看这支“梦之队”的成员有多年轻。

二〇一六年一月八日，在庄严的人民大会堂，潘建伟双手接过了一份硕大的红色获奖证书——国家自然科学奖一等奖。这个奖，被誉为中国科技领域“最具含金量”的奖项，没有之一。他们获奖的项目就是“多光子纠缠及干涉度量”。

获奖者中的彭承志、陈增兵与潘建伟一样，是“七〇后”。而陈宇翱、陆朝阳则为“八〇后”，两个人都是潘建伟在中国科大带出来的研究生，三人是师徒关系。获奖当年，陈宇翱三十四岁，陆朝阳三十三岁。而且师徒三人先后于二〇〇五、二〇一三、二〇一七年摘取了欧洲物理学会颁发的菲涅尔奖。

菲涅尔奖以十九世纪法国杰出的物理学家、光学家菲涅尔的名字命名，每两年颁发一次，主要授予在量子电子学和量子光学领域做出了杰出贡献、年龄在三十五岁以下的青年科学家。

二〇〇五年，潘建伟获得菲涅尔奖，是表彰他在量子态隐形传输、量子纠缠纯化以及多光子纠缠等量子信息实验研究中做出的杰出贡献；二〇一三年，陈宇翱获得菲涅尔奖，是因为他在光子和冷原子的量子操纵以及在量子信息和量子模拟等领域中做出的杰出贡献；二〇一七年，陆朝阳获得菲涅尔奖，是表彰他在量子光源、量子隐形传态和光学量子计算方面做出的杰出贡献。

令人惊讶的是，潘建伟、陈宇翱、陆朝阳这师徒三人，分别是获得该奖的第一位、第二位和第三位中国科学家。所以有人戏称，菲涅尔奖被他们师徒给“包圆”了。

这是一支默契有趣，甚至带点“顽童”意味的“梦之队”。人们也许从新闻图片里看到过这样有趣的一幕：在他们捧回国家自然科学奖一等奖之后，“梦之队”的五个人就像传说中的“波恩幼儿园”的“小朋友”一样“排排坐”，坐在一个会议室里，接受众多媒体的集体采访。

陆朝阳后来回忆起当时的情景，对记者说：“现场有几个记者，问了一堆问题，可是我们坐成一排，谁也不肯说话，都在大眼瞪小眼地看着潘老师。为什么会这样呢？因为这几乎成了我们师徒间的一种不成文的‘默契’——有潘老师在，他肯定会‘顶’在前面，我们就可以‘偷懒’一点儿了。”

就是在这次“排排坐”接受媒体集体采访时，

潘建伟第一次透露出了他的又一个梦想，他希望能把自己的实验室，办成一个“百年老店”。

在他心目中，有两个标杆式的实验室，都是世界科学史上名字如雷贯耳的“百年老店”：一个是德国的马普所，另一个是英国卡文迪许实验室。

马普所是马克斯·普朗克研究所的简称，其前身是德国威廉皇帝研究院，一九四八年九月以著名物理学家、量子理论奠基人、诺贝尔奖获得者马克斯·普朗克的名字命名，总部设在慕尼黑。马普所由近八十个科研院所组成，研究内容涵盖了自然科学、生命科学、社会科学、艺术和人文学科等基础研究领域。全世界上万名科学家曾在这里做过研究。

卡文迪许实验室是英国剑桥大学的物理实验室。一八七一年由“电磁学之父”詹姆斯·克拉克·麦克斯韦创立，一八七四年建成实验室，以著名物理学家、化学家、剑桥大学杰出校友亨利·卡文迪许的名字命名。

让潘建伟感到自豪的是，他的两个得意弟子，同时也是团队伙伴的陈宇翱、陆朝阳，分别在这两个实验室做过研究，学成后又毅然返回祖国。

“在奥地利留学时，我的导师塞林格教授问我的梦想是什么，我说是回国建一个世界一流的实验室。现在，我觉得仅仅‘世界一流’还不够，我的目标是把它做成一个‘百年老店’。”

怎么理解潘建伟心目中“百年老店”的含义呢?

潘建伟说：“所谓‘百年老店’，首先要有一种传统。如果仅仅靠一个人，可能他在的时候做得比较好，慢慢地，他年纪大了，可能队伍就萎缩了。所以，我希望团队里的每一个年轻人，尽快开辟出自己的新方向，独立开展工作，而不是由我继续主导新方向的讨论和选定。只有当更多的年轻人在新的方向上做出了新的成果，我们国家牢牢占据了在量子信息处理领域的国际领先地位，才能够算是真正的成功。”潘建伟还进一步解释说，“‘百年老店’，形成自己的研究传统很重要，这样我们的目标就可以放得更长远一些，几十年如一日一直往前走，一代一代传下去，就比较从容、持久，不会太浮躁和急功近利。”

那么，这支屡屡创造奇迹的“梦之队”，是如何经过十几年的努力，终于研制完成并成功发射了国际上第一颗量子科学实验卫星“墨子号”的？又是如何研制完成了世界首个光量子计算原型机“九章”和当时全球最多量子比特数的超导量子计算原型机“祖冲之号”的呢？

请跟我来，我们先去认识一下“梦之队”的成员们……

开山弟子

一九九八年，江苏省启东中学高三学生——十七岁的陈宇翱，在冰岛举行的第二十九届国际中学生物理奥赛中，获得了实验第一名、总分第一名的骄人成绩，填补了中国中学生从未在国际物理奥赛中取得过实验第一的空白，并被授予“绝对冠军”称号。

同一年，陆朝阳正在家乡浙江省东阳中学读高中。一九九八年春节前夕，正在读高一的陆朝阳在东阳第一次见到了回到家乡做报告的潘建伟，从此决定了自己未来的道路。

与陆朝阳不同的是，陈宇翱在中学时代没有机会见到潘建伟。但在冰岛取得的这份优异成绩，让这个十七岁的少年被保送进入了中国科大“零零班”（即采用“少年班”培养模式的教改实验班）专攻物理专业。正是这一步，最终促成了这个少年才子和潘建伟的师徒缘分。

一九八一年四月，陈宇翱出生在江苏省启东市王鲍镇。小时候的陈宇翱，就表现出了比小镇上的同龄小伙伴更强的好奇心和动手能力。

有一次，他盯着爷爷手腕上的手表看了好久好久，好像在琢磨，表盘上的指针为什么会不停地转动。没过几天，他竟然把家里的一个挂钟给拆开了……

爸爸每天用来听新闻的收音机，为什么转动旋钮，就会收到不同的电台播音，发出不同的声响？不久，收音机的外壳也被他一次次拆开，又一次次试着重新装上。

陈宇翱的爸爸陈玉飞是一位工人，他一直记得这样一件小事。

有一天，他的收音机电池里的电用完了，宇翱说：“我有办法！”只见宇翱取下电池后，直接找了两根电线，将收音机的正负极和插座连在一起。

虽然结果是电线短路停了电，但爸爸看到宇翱小小年纪就对物理和实验这样有兴趣，很是高兴，一点儿也没有责怪他。

陈宇翱高中时的物理老师名叫王建忠。王老师说，陈宇翱在初中阶段，就表现出了对物理的特别兴趣和很明显的天赋。到了高中阶段，同样是做物理实验，别的同学做了一遍就停下了，陈宇翱却总是意犹未尽似的，总会重复做上两三遍，十分享受做实验的过程。

他解题的方法也常常另辟蹊径、别出心裁，甚至让出题的老师也甘拜下风，惊呼他为“小解题王”。

进入中国科大“零零班”后，陈宇翱有过一段迷惘期。连续换了几次专业方向后，他仍然没有找到自己的专攻方向。

就在这时，仿佛从迷雾中照射过来的一束光亮，潘建伟老师出现了。这时候，潘建伟已经从奥地利回国，正在中国科大组建量子实验室。

二〇〇一年的一个晚上，潘建伟找到陈宇翱，促膝交谈四小时后，陈宇翱的眼前似乎豁然开朗，一个美丽的桃花源般的世界呈现在他的面前。

这个世界，就是被人视为有点诡异而又充满魅惑力的量子世界。陈宇翱的量子探索航程，从此开启。

“量子物理学最大的吸引力、最迷人的魅力，就在于能让你对事物的本源进行全新的认知。量子世界本质上的不确定性、不可知性让这门科学更具挑战意味，也更具难以穷尽的探索性，给人无限的想象。”陈宇翱后来回忆说，“当我真正进入这个领域后才发现，量子世界是靠实验来引领理论的，因此，经常会出现做实验之前根本无法想象的事情。这种‘不可知性’，往往也给人带来更大的期待和更美丽的想象。”

二〇〇二年，陈宇翱作为潘建伟在中国科大的“开山弟子”，正式加入“梦之队”，开始参与量子操纵实验室的建设工作。这一年，陈宇翱二十一岁。

他跟着潘老师，从采购仪器设备、搭建实验平台入手，见证和参与了他们的量子操纵实验室仿佛雨后的春笋一样，哗的一声破土而出，从无到有，

迅速生长的过程。

搭建实验平台，这还只是在通往梦想的征途上迈出的第一步，真正的艰难险阻和重重关隘的考验还在后面。

在潘建伟的指导下，陈宇翱和伙伴们一步步朝着量子世界的深处走去。实验室顺利实现了此前已有基础的四光子纠缠实验。

四光子纠缠实验完成了，陈宇翱信心大增，雄心勃勃地主动提出，他们要趁热打铁，立即着手进行五光子纠缠实验。

对此，潘建伟却一反常态，神色有点冷峻地说道："这样快的速度，两条腿怎么跑得赢呢？我不想打击你们的积极性，但我觉得，你们目前是做不出来的。"

看上去，潘建伟似乎给他们的雄心壮志泼了一盆冷水。陈宇翱有点不服气，回答老师说："我们偏不信这个邪，一定要把它弄出来给你看看。"

后来回想起这个细节，陈宇翱不禁笑着说："现在看来，潘老师这句话是他的'激将法'。潘老师熟谙中国古代先贤诸子百家的智慧，特别推崇墨子。后来的事实证明，潘老师的‘谋略’奏效了。”

“不信这个邪”的陈宇翱和“梦之队”的伙伴们默契地合作，将各自的才干拧成了一股绳。他们很快就成功搭建出了国际上首个五光子纠缠实验平台，由此也奠定了中国在世界多光子纠缠操纵领域的领先地位。

陈宇翱还做了一个生动的比喻：摆在自己面前的，好像是一个个装满未知奥秘的“魔盒”，他要做的首先是想方设法打开这个神奇的“魔盒”。他主攻的方向是基于光子和超冷原子操纵的可拓展量子信息处理。陈宇翱说，这项研究，就是握在他手中的一把开启“魔盒”的“密钥”。

“可以这样想象一下，有一天，我手中操纵着上万个原子，并且每一个都能按照我的意志和想法任意排列，形成不同的晶格类型，进而使纷繁复杂的量子模拟和无比庞大的量子计算得以实现……”陈宇翱忽闪着充满智慧之光的眼睛，微笑着说，“这就是我的‘量子之梦’！而目前在整个量子物理领域，正在经历的是‘实验为王’的阶段，这对我这个自称‘爱动手胜过爱思考’的人来说，不正是恰逢其时，而又充满挑战吗？”

二〇一三年四月九日，对陈宇翱来说是一个特殊的日子。这一天，离欧洲物理学会正式发布当年的菲涅尔奖授奖公告还有一个星期的时间，陈宇翱提前收到了自己获得菲涅尔奖的电话通知。他第一时间就把这个喜讯告诉了正在北京出差的潘老师。

那一瞬间，陈宇翱感觉到，在电话那端，潘老师激动得声音都有点哽咽，除了连连道贺，让陈宇翱难忘的还有这样一句叮嘱："要再攀高峰，走向更远的远方。"

"我感觉，潘老师比我自己还要激动和高兴！"时隔多年之后，陈宇翱仍然清晰地记得那个瞬间的感受，"当时，因为我获奖，有一些媒体还特意来采访潘老师，潘老师叮嘱记者们说：‘我希望媒体不要太早关注他，不要打扰到他，应该让他潜心学术攻关，去获得更大的发展。我相信，宇翱的目标绝不只有一个菲涅尔奖。’"

而说起陈宇翱从国外归来，那更是一个蕴含着师徒情谊、饱含着家国情怀的故事。

作为团队的带路人和领导者，潘建伟是一位具有长远战略目光的科学家。他深知，要建成一个“百年老店”式的研究团队，就需要在技术、人才方面进行长远的考虑和储备。

所以，中国科大同意了潘建伟的一个特殊申请——他需要赴德国海德堡大学，学习量子存储技术，而且他不仅仅是自己一个人去，他的心中有一个整体的布局。

他很快把自己的布局一一地落实了。他的学生们陆续被推荐到了国外的顶尖实验室学习：陈宇翱到德国慕尼黑研究超冷原子调控技术，陆朝阳到英国剑桥研究量子点光源技术，张强到美国斯坦福学习单光子探测技术……

在留德深造期间，陈宇翱的科研能力得到了快速提升，取得了一系列引人注目的成就。二〇〇九年，他已经在德国著名的马普所担任项目负责人。

陈宇翱的手机里，一直保存着一条珍贵的短信。那是二〇〇九年国庆前夕，老师潘建伟从北京发给他的：

“宇翱，我正在人民大会堂看《复兴之路》，感触良多！甚望你能努力学习提升自己，早日学成归国，为民族复兴、科大复兴尽力！”

收到短信时，陈宇翱正在马普所的实验室里做实验。那一瞬间，他的眼睛湿润了，他强烈地感受到恩师的那份殷切的期待。他知道，潘老师平时不容易激动，也不太喜欢说一些煽情的话语。老师的风格一向是平实、质朴、严谨的，有一种不容置疑的力量。

所以，在看到短信的那一瞬间，陈宇翱真有立刻扔下手里的实验，马上搭上国际航班飞回祖国的冲动。他明白，这条短信，是恩师在召唤，也是祖国在召唤！

实际上，潘建伟的这条短信，暂时分散在海外的“梦之队”的核心成员，都同时收到了。

于是，身处世界各地的“梦之队”的成员，揣着老师的那条短信，陆续从世界各地返回祖国，归队了，就像黄昏时刻，飞鸟从旷野纷纷返回了自己的树林。

二〇一一年，陈宇翱回国担任中国科大物理系教授。作为量子“梦之队”的骨干队员，他负责主攻基于光子和超冷原子操纵的可拓展量子信息处理研究。同年，他与伙伴们通力合作，首次成功制备出八光子薛定谔猫态，引起国际物理学界的关注。

二〇一三年，三十二岁的陈宇翱出任“墨子号”首席科学家助理，全心投入到“墨子号”的研究工作中。

几年下来，他果然没有让自己的老师失望。他仅在《自然》《自然·物理学》《自然·光子学》《美国科学院院报》《物理评论快报》五份国际重要学术期刊上发表的论文就多达三十八篇，其研究成果得到国内外学术界高度评价。

“今天，我们已经在量子信息领域占据了重要位置，在很多方面水平甚至已经超过了塞林格实验室。潘老师给我们规划的那个最初的梦想，我们已经完全实现了！”陈宇翱自豪地说道。

薪火相传

一九八七年，出生在浙中农村的潘建伟，从家乡母校东阳中学毕业，考入中国科学技术大学。从此，一颗耀眼的新星，升起在世界量子领域的天空之中。十三年之后的二〇〇〇年，同样是出生在浙中农村的陆朝阳，也是从东阳中学毕业后，考入了中国科学技术大学。从此，又一颗耀眼的量子新星，升起和闪耀在世人面前。

让人觉得难得的是，潘建伟和陆朝阳，不仅是浙中农村同乡、中学和大学校友，而且还是一对感情深厚的师生。陆朝阳被科学界称为“光子纠缠鬼才”“量子新星”，二十八岁就成了中国科大最年轻的教授。而他与潘建伟的“缘分”，开始于他读高中的时候。

一九八二年十二月，陆朝阳出生在浙江东阳画水镇的一个普通农家，他的父母亲都是地地道道的农民。一九九七年，少年陆朝阳从画水镇中学考入东阳中学。在东中期间，陆朝阳担任过实验班班长，获得过王惕吾一等奖学金和严济慈奖学金。

“好雨知时节，当春乃发生。”也许，茎里有的，种子里早已有了。少年陆朝阳进入东中后，对物理学越来越痴迷，以至于同学们都戏称他是“未来的牛顿”。而他第一次朝着神秘的量子世界投去好奇的目光，又与潘建伟有着直接的关系。

一九九八年春节前夕，东阳中学邀请校友潘建伟回到家乡，在当时东阳最大的电影院，做了一场关于世界量子物理学最新进展的汇报演讲。其中，潘建伟也讲到了他们团队第一次做量子隐形传态实验时的情况。陆朝阳是坐在台下的一名高一学生。

正是这场科普报告，仿佛给少年陆朝阳推开了量子世界的大门，让他看到了从门后照射过来的耀眼光芒。

“你能通过几行简单的公式，去理解世间万物是如何运作的。”陆朝阳每次回忆起潘建伟的这场演讲，都会感到当时的情景重现眼前，历历在目，“潘老师的每一句话都引人入胜，让我们这些爱好物理的少年学子个个跃跃欲试，有些疯狂。”

二〇〇〇年，陆朝阳从东中毕业后，顺利考入中国科学技术大学物理系，成了他的偶像潘建伟的校友。读大三时，陆朝阳再次听了潘建伟的一场报告。他觉得，在教科书上颇显诡异的量子理论，由潘老师娓娓道来，却是那么质朴真实且妙趣横生，难怪这门科学会引起那么多年轻的物理天才和“科学顽童”的研究兴趣。

在这场报告之后，陆朝阳与自己的偶像有了一次坦诚的交谈。潘建伟十分看好这个年轻而勤奋的小同乡，他好像从陆朝阳身上看到了自己少年时的影子。陆朝阳毅然决定放弃本来可以保研去攻读的微电子专业，转投潘建伟门下。由此开始，陆朝阳把潘建伟视为自己进入科学迷宫的领路人和恩师。

一年后，陆朝阳本科毕业。这时候，潘建伟已经组建了自己的实验室。陆朝阳如愿以偿，来到潘建伟身边，跟随着恩师，正式迈入了光子纠缠和量子计算研究领域。

读硕士一年级的陆朝阳，接受了一项重要的任务：把光学平台从科大西区搬迁到东区的微尺度国家实验室，重建实验平台，并且升级到具备操纵六光子纠缠的能力。

这时候，陆朝阳还只有二十三岁，真是天降大任于是人！而他果然没有让老师和同学们失望。经过近两年的努力，他捧出了一份漂亮的答卷：不仅成功制备了六光子纠缠态，而且还有一个意外的收获——在同一个实验装置中，巧妙地实现了可用于量子计算的簇态，从理论上发展出有效的多体纯纠缠判定工具。两年后，陆朝阳的这个成果，发表在二〇〇七年二月的《自然·物理学》杂志上，并且入选了由两院院士主持评选的二〇〇七年“中国十大科技进展”。

陆朝阳完成的第二个重要的任务，就是在国际上首次采用光子比特演示了量子信息领域最重要的算法——肖尔大数分解算法。他的这个实验，得到了英国《新科学家》和美国物理学会等国际上专业和主流媒体的报道，也入选了教育部评选的“中国高等学校十大科技进展”。

这时候的陆朝阳，成了潘建伟最得力的科研助手之一。潘建伟对陆朝阳寄予了厚望，也放手让他尽情地发挥自己的想象力与聪明才智。

陆朝阳不负恩师厚望，又带领一个多光子团队，先后完成了量子容失编码、任意子光量子模拟等实验，还协助潘建伟指导更年轻的学弟学妹们，设计了十量子比特超纠缠态等一系列后续实验。

从二〇〇八年开始，根据潘建伟的“战略布局”，陆朝阳赴英国剑桥大学攻读博士学位。

读博期间，陆朝阳以第一作者身份发表论文，为基于自旋的量子计算方案解决了一个基础性难题。

负笈剑桥的日子里，陆朝阳日益思念祖国、恩师和家人，也越来越清晰地认识到量子信息技术的潜在重大应用和国家对这个领域的日益重视。他渴望早日学成回国，跟自己的恩师一样，科学报国，把自己的全部专长早日贡献给祖国的科研事业。

我们在前面提到过，二〇〇九年国庆节前夕，潘建伟在北京参观完《复兴之路》大型主题展后，满怀激情地给在海外的弟子们发去了一条言简意贼而又语重心长的短信："……我正在人民大会堂看《复兴之路》，感触良多！甚望你能努力学习提升自己，早日学成归国，为民族复兴、科大复兴尽力！"陆朝阳也一直把这条短信保存在手机里。

"以前我总是觉得，'民族复兴'是一个很'高大上'的词，但那一刻，我觉得我们做的事，是可以和这个伟大的事业直接联系起来的。我们都不是旁观者，而是直接的参与者。"陆朝阳后来这样说。

学业成绩突出的陆朝阳，虽然成了剑桥大学丘吉尔学院研究员，但是祖国和恩师的殷切召唤，已经清晰地传到了他的耳边。因此，博士毕业后，他没有丝毫犹豫，毅然选择回到祖国，回到自己的母校中国科大。

二〇一五年，陆朝阳不负众望，和团队伙伴一起，硬是打破了国际权威学者多年来所坚持的"不可能"预言，实现了单光子多自由度量子隐形传态。这项在中国本土完成的实验成果，当年入选了英国物理学会评选的国际物理学十大年度突破，且位居榜首。次年，陆朝阳入选《自然》杂志十大"中国科学之星"，塞林格赞誉他是"操纵光子的巫师”。

“量子顽童”的特点在年轻的陆朝阳身上也不难发现。跟同事的日常交谈中，他不喜欢说“我们潘老师”或者“我导师”，而总是“我潘”“我潘”地挂在嘴边；在给同行们做学术报告和实验成果展示的PPT（演示文稿）里，他有时也会一反科学家通常在表达上的谨慎与平实，用更率性的语言或表情图来表达自己的态度，如“我的内心是崩溃的”“机智的我早已看穿这一切”等等。

但在潘建伟的影响下，这位年轻科学家一旦投入工作，态度却从不随性。

细心的人会看到，在他们研究院办公楼挂着画像的墙上，由一条纬线和数条经线分割了整个墙面，而每一幅画框的边缘，与这些线条严丝合缝，不差分毫。

“这都是出自潘老师的手笔，潘老师做什么事都是这样一丝不苟，总是要追求极致的效果。”有一次，陆朝阳笑着对来访者介绍说，“潘老师追求极致到什么地步呢？简直有点强迫症了嘛！也许你想象不到，他偶尔走进别人的办公室，一眼看到墙壁上某处开裂了一条小缝，就会立刻喊人来：‘哎，赶紧叫人来修一下，多难看啊！’在下水道看到一个空瓶子，他也会立刻给分管基建的副院长打电话……不过，话说回来，只要是以风格严谨著称的科学家，哪个又不具有类似强迫症的特点呢？”

“在工作中，潘老师不断地给我们消除‘差不多就行了’这类心态。”陆朝阳对恩师一丝不苟的工作作风非常敬佩，“他经常鼓励我们，花上十倍时间做一件重要的事，比付出一倍的时间去做十件不重要的事情要好得多。”

当初，潘建伟的一场科普报告，影响和改变了少年陆朝阳一生的理想选择。现在，陆朝阳也会时不时地应邀给一些中学生做科普讲座。面对那些透着强烈求知欲的目光，面对那些暂时还不知该如何选择自己方向的少年，陆朝阳在讲座中常常喜欢引用玻尔的一句话作为开场白——如果谁对量子物理不感到困惑，那他肯定还没有理解它。

在墨子的目光下

墨子，名翟（dí），是生活在我国春秋战国时代的一位杰出的哲学家、科学家、军事家和教育家。

墨子在治国理政、国防、哲学等方面，都有自己独特的观点，提出了兼爱、非攻、尚贤、尚同、非命、节用等许多主张。尤其是“兼爱”和“非攻”，是墨家学说的核心。意思是说，天下人都应该抱持大爱之心，相亲相爱，不应该发动恃强凌弱的战争。

作为古代杰出的科学家，墨子创立了以几何学、物理学、光学、天文学为突出成就的一整套科学理论。

比如，关于宇宙，墨子认为，宇宙是一个连续的整体，个体或局部都是由这个统一的整体分出来的，都是这个统一整体的组成部分。无论是时间还是空间，都是连续的和不间断的，但时空又存在着有限与无限、有穷与无穷的问题。墨子认为，时空既是有穷的，又是无穷的。相对于整体来说，时空是无穷的；相对于局部来说，时空却是有穷的。为此，他还把构成连续的、不间断的时空的单元命名为“始”和“端”。“始”是时间中不能再分割的最小单位；“端”是空间中不能再分割的最小单位。连续的、不间断的、无穷无尽的时空，就是由这些最小的单元构成的，“无穷”中包含着“有穷”。用今天的眼光看，这仍然是一套科学的时空理论。

墨子的思想与智慧，是中国传统文化和中国古代科技进程中的宝贵财富。在潘建伟的心中，墨子是一位“科圣”，占据着比爱因斯坦、普朗克、费曼更重要的地位。

他们团队所在的研究院办公楼底层大厅的墙上，挂着东、西方科学先贤的画像。其中占据“C位”（中间位置）的，毫无疑问就是“科圣”墨子。

而爱因斯坦、普朗克的画像，只能挂在墨子之后。然后就是祖冲之、沈括、张衡、玻尔、薛定谔、费曼……

墨子，不仅是潘建伟心中的一个代表中国传统文化思想与科学智慧的符号，也是他创建的实验室这一方天地的“守护神”。潘建伟和他的“梦之队”把他们研制的第一颗量子卫星命名为“墨子号”，当然带有向这位古代先贤致敬之意。不仅仅是量子卫星取名“墨子号”，固定的学术讨论会取名“墨子沙龙”，研究中心还设立了一个“杰出博士后奖”，也是以墨子冠名。早前有一个专门邀请国际知名科学家和学者来做学术交流和访问的项目，也被命名为“墨子讲坛”。

正是每天都在墨子那深邃、严正而又像“苦行僧”般的目光下，“梦之队”走过了一个个披星戴月的日子……

“当初，如果我在国外仅仅是掌握了一项技术，我觉得即使回来了，也可能什么都干不成。我说咱们做一个约定，大家分头把几个技术全学会，然后在适当的时候一起回来，合起来做一点儿别人或别的团队做不了的事情。”潘建伟的这个想法，因为“梦之队”的勠力同心，在墨子的目光下落地成真。

“Dream like a poet, think as a physicist, work as an engineer.”（像诗人一样做梦，像物理学家一样思考，像工程师一样工作。）在潘建伟他们的量子光学实验室里，贴着这样一段醒目的自勉语。有人说，这仿佛是为他们的“墨子号”量子卫星项目专门创作的。

潘建伟作为科学家的战略眼光，在“墨子号”身上得到了充分的体现。二〇〇二年，几乎在他着手组建量子实验室的同时，他心里就有了一幅关于量子卫星的瑰丽图景。

他的想象既宏伟又前卫。一般的局外人，也只能将其当成一个科学幻想、一个童话或一种天方夜谭来看待。就连当时他身边的少数几个弟子和团队成员，也几乎不敢相信。网上那些喜欢看热闹的人，甚至质疑这会不会是打着科学幌子的新骗局。

这时候的潘建伟，好像是一个尼采式的孤独智者，一个屈原式的浪漫诗人，孤身站立在茫茫星空与现实大地之间。

是啊，在那遥远而古老的年代里，多少人曾经期盼过，用那智慧和幻想的金钥匙，打开通往太空的路径！两千多年前，中国最伟大的浪漫主义诗人屈原，仰望着皓月当空的神秘苍穹，抑制不住自己的种种憧憬和遐想而如此发问：“夜光何德，死则又育？厥利维何，而顾菟在腹？”意思是说：月亮啊，你是具有了什么样的德行，为什么能够缺了又圆，死而复生？你是出于什么想法，还把一只玉兔养在自己的月宫？

当然了，在两千多年后的今天，人类伟大的航天科技早已经揭开了蒙在月亮上的关于蟾宫、玉兔、吴刚、嫦娥和桂花树等神秘传说的面纱，将一个真实的、自然的和丰富的星际宇宙，呈现在人类的面前。

曾有许多个夜晚，潘建伟独自漫步在茫茫星空之下，一会儿仰望着星空，背诵几句屈原的《天问》，一会儿又坐在办公大楼之间的草坪上，披着满身的星光，驱驰着自己的冥思与想象……

“墨子号”

二〇一一年十二月二十三日，量子科学实验卫星工程启动暨动员会在北京召开。这意味着，量子科学实验卫星正式进入工程研制阶段。

这不是一颗简单的实验卫星，而是一个宏大、庄严、万众瞩目、涉及面众多、系统庞大的科学项目，也是中科院空间科学先导专项首批科学实验卫星之一。这项工程，还包括分布在祖国边远地区的南山、德令哈、兴隆、丽江四个量子通信地面站，以及设立在西藏阿里的量子隐形传态实验站等地面科学应用系统，它们将与这颗量子卫星共同构成天地一体化量子科学实验系统。

项目正式启动了，量子卫星就不再单单是一种想象了。这是一项国家工程，是一项共和国使命，容不得丝毫的儿戏、退缩与懈怠。它仿佛是千钧重担，压在潘建伟和他的团队身上。

在项目启动之后的好长一段日子里，潘建伟的弟子和同事们发现，他的脸上不见了往日的笑容，更多的时候是双眉紧锁，心事重重。

有时候，已经是子夜时分了，他仍然独自坐在实验室大楼外面的台阶上或花坛边，了无睡意。

他整夜整夜地仰望着静谧的夜空，仰望着在天际闪耀着的星月。啊，星空茫茫，银河荡荡……天空的宝石与花朵，宇宙的脉息，梦幻的翅膀！古老的飞天神话早已变成了真实的史诗。美丽而神秘的星空啊，曾经有多少人的目光，沉迷在你或明或暗、时隐时现的运动之中。曾经有许多美丽的幻想，也像那些巨大的星体，自由地运行在那无穷无尽的时空，从一个星宿到另一个星宿，从大熊星座、飞马星座、天狼星座，到双子星座、人马星座和猎户星座……

潘建伟有诗人的浪漫和想象力，但他终究是一位思维缜密的科学家。他比一般人更清楚地知道，大地与星空之间的大部分“路程”是接近真空的，光子在其中的损耗率要比在地面光纤中低得多。因此，他坚信，从理论上讲，构建一个实用化全球量子保密通信网络，是完全可行的方案。不过，他考虑问题总是那么细致和周全。在一次接受外媒采访时，他表露过一些对可能出现的负面因素的顾虑：

“我有时候想，也许我们的项目将会崩溃，停止了工作。卫星飞得那么快（约每秒八公里），并会遇到大气湍流等问题。如此一来，单光子光束会受到严重影响。此外，我们还必须克服来自太阳光、月球和城市光的噪声，这是比我们的单光子强得多的背景噪声……”

可见，浪漫归浪漫，幻想归幻想，各种问题却不能不想到，更不能没有应对的方案。科学家毕竟不是抒情诗人。

从二〇一一年十二月二十三日，量子科学实验卫星工程启动，到二〇一六年八月十六日凌晨一时四十分，世界首颗量子科学实验卫星“墨子号”，在我国酒泉卫星发射中心用长征二号丁运载火箭成功发射，这期间，潘建伟和他的“梦之队”已难以数清度过了多少个不眠之夜。可以说，“墨子号”往前推动的每一小步，都浸透了他们的心血、汗水和泪水。

如果要开列一张“墨子号”的“大事年表”，那需要长长的几十页的篇幅。现在我们只能简单罗列一下，他们伴着“墨子号”度过的几个重要节点：

二〇一一年十二月二十三日，量子实验卫星正式进入工程研制阶段。

二〇一四年十二月三十日，量子实验卫星通过初样转正样阶段评审，正式转入正样研制阶段。

二〇一五年十二月六日，量子实验卫星系统与科学应用系统完成星地光学对接试验，验证了天地一体化实验系统能够满足科学目标的指标要求。

二〇一六年八月十六日，“墨子号”正式发射升空。

二〇一七年一月十八日，“墨子号”在圆满完成四个月的在轨测试任务后，正式交付中国科学技术大学等单位使用。

二〇一七年六月十五日，中国科学家在国际学术期刊《科学》杂志上宣布，“墨子号”在世界上首次实现千公里级的量子纠缠，这意味着量子通信向着进入实用阶段迈出一大步。

二〇一七年八月十二日，“墨子号”取得最新成果：国际上首次成功实现千公里级的星地双向量子通信，为构建覆盖全球的量子保密通信网络奠定了坚实的科学和技术基础。

二〇一七年九月二十九日，世界首条量子保密通信干线“京沪干线”开通，并利用与“墨子号”量子卫星的天地链路，成功实现了世界上首次洲际量子保密视频通话。

二〇二〇年六月十五日，中国科学院正式对外宣布，“墨子号”量子科学实验卫星在国际上首次实现千公里级基于纠缠的量子密钥分发。

……

“墨子号”的进展，引起了全球科学界的一阵阵惊叹。《华尔街日报》针对中国科技的高速发展给出了标题为《沉寂了一千年，中国誓回发明创新之巅》的专题报道，将“墨子号”量子卫星看作中国创新能力提升的重要标志。美国波士顿大学的量子物理学家亚历山大·谢尔吉延科说:“量子通信的竞赛，自一九九五年欧洲科研人员在日内瓦湖底进行量子密钥分发的最初演示时就开始了。从那以后，英国、美国、日本和中国等国家都在探索城市间的量子通信网络，而这场竞赛从地面进入了太空，因为卫星能连接相距遥远的不同都市。中国在发射量子卫星方面走在了前面。”英国剑桥大学量子物理学教授阿德里安·肯特更是欣喜地说:“这是为使用量子技术构建全球性安全通信网络迈出的第一步！”

“墨子号”是中国科学家自主研制的世界上首颗空间量子科学实验卫星。我们在前面说过，取名“墨子号”，是含有向中国“科圣”墨子致敬之意。

二〇一六年八月十五日，在“墨子号”升空的前夕，也是这颗量子卫星的名字首次对外公开之时，潘建伟作为项目的首席科学家，在酒泉卫星发射中心的发射现场，对媒体更为详细地解释了“墨子号”这个名字的寓意。

在潘建伟看来，墨子是哲学家和墨家学派的创始人，已广为人知，但墨子还是一位杰出的科学家，却鲜为人知。潘建伟告诉媒体，《墨子》里记载了世界上第一个“小孔成像”实验，该实验解释了小孔成倒像的原因，而这正是现代照相技术原理的起源。

到底是科学家，潘建伟对《墨子》的关注点与众不同。他说，墨子这个“小孔成像”实验，指出了光是沿着直线传播的，也是第一次对光沿直线传播进行的科学解释。

“墨子的发现，是光学中非常重要的一条原理，也为我们量子通信的发展带来了灵感和启迪，所以，用‘墨子号’来命名这颗量子卫星，和卫星本身的意义相符，也体现了我们的文化自信。”潘建伟自豪地说道。

有的小读者一定会追问，量子卫星的作用到底有哪些呢？除了有科学研究和科技进步意义，它还会有哪些实用价值呢？

先说“墨子号”的科学目标。

研制和发射“墨子号”量子卫星，潘建伟和他的团队预先设定了三大科学目标，我们在前面已经约略讲到过，现在再简单地归纳一下：一是借助卫星平台，实现星地高速量子密钥的分发；二是实现星地双向量子纠缠分发，完成大尺度量子非定域性实验；三是实现地星量子隐形传态。这三个目标，“墨子号”不负众望，都圆满地完成了。

再来说说“墨子号”成功发射和在轨运行的实用价值。

第一，可以使我国在世界上首次实现卫星和地面之间的量子通信，构建起天地一体化的量子保密通信与科学实验体系；第二，可以使中国在量子通信技术实用化整体水平上保持和扩大国际领先优势，实现国家信息安全和信息技术水平跨越式提升，推动中国科学家在量子科学前沿领域继续取得新的突破，让中国空间科学卫星系列得到持续发展；第三，“墨子号”量子卫星发射后，天地一体化量子科学实验系统就可以正式投入运行，例如，通过世界首条量子保密通信干线“京沪干线”与“墨子号”量子卫星的天地链路，成功实现了洲际量子保密通信；第四，因为量子保密通信具有绝对安全性，所以量子通信不仅可以应用于中国人的日常通信，还可用于水、电、煤、气等能源供给和民生网络基础设施的通信保障；第五，更重要的是，“墨子号”带来的量子保密通信技术，对国防、科技、金融、商业等关系国家命脉的领域，势必也会产生巨大影响，引起科技界、产业界等领域的新的变革和创新。

二〇一二年，在潘建伟带着“梦之队”的年轻人还在“逐梦”阶段时，《自然》杂志就曾报道说：“中国量子科研团队用了十多年的时间，由一支不起眼的队伍发展成为现在的世界劲旅。”

当“墨子号”载着“梦之队”的梦想，成功飞入茫茫星空之后，潘建伟的导师塞林格教授，这样由衷地赞叹他的这位中国高徒所取得的成果：中国如今在量子保密通信领域的成就，倘若爱因斯坦还活着，“他一定会对此感到惊讶”，因为这些量子力学理论，比如量子纠缠，现在已经“梦想成真”，真的进入了实际应用，“这完全超出了爱因斯坦的预期”。

在“墨子号”量子卫星发射升空四周年的时候，担任“墨子号”量子科学实验卫星量子纠缠源载荷主任设计师的印娟，在“墨子沙龙”做过一场演讲，题目是《“墨子号”——漫漫追星路》。

她在演讲中打了一个通俗的比方：“‘墨子号’发射至今已过去了四年，加上卫星研制所用的五年，正好九年时间。这就类似于上海小朋友的九年义务教育体制，五年的小学、四年的中学。很显然，有九年义务教育，也就有学龄前的六到七年的时间。”

那么，什么是“墨子号”的“学龄前”时间呢？

原来，早在量子科学实验卫星项目正式立项之前的二〇〇五年，潘建伟的团队就已经在合肥开展了首个十三公里的量子纠缠分发实验。也就是说，从二〇〇五年到二〇一一年，再到二〇二〇年，它相当于经历了“学前”“小学”和“初中”，如今已经成长为一名“高中生”。

这个又通俗又形象的比喻，足以让我们去想象，“墨子号”从一名牙牙学语的“学龄前幼儿”，成长为一名意气风发的“高中生”，经历了多少成长的艰辛！正如文学家冰心在一首诗中所咏叹的那样：“成功的花，人们只惊羡她现时的明艳。然而当初她的芽儿，浸透了奋斗的泪泉，洒遍了牺牲的血雨。”

印娟是为数不多的从事量子研究的女性科学家之一。她读大二那年进入潘建伟团队，很快成为自由空间量子通信小组里最活跃的成员。

二〇〇七年，印娟博士毕业时，曾接受过一位记者的采访，说到了自己的梦想就是把“纠缠源”放到天上去做实验。当时，她觉得自己只是在表达心中的一个最美的梦想，根本不敢想象，但仅仅过了十年，这个像科幻小说、像童话一样的梦想，竟然真的就实现了！

在“墨子号”的分工中，她带领的团队负责“零失误”的正样飞行件产品生产。下面我们就来讲讲这位“量子女神”的故事……

“量子女神”

从二〇一一年，量子科学实验卫星项目正式启动，到二〇一六年“墨子号”在酒泉卫星发射中心发射升空，正式进入公众视野，屈指一算，“墨子号”的研制总共花费了五年的时间。

“墨子号”卫星发射成功后，首先进行了四个月的在轨测试，然后于二〇一七年的一月十八日，正式交付中国科学技术大学等单位使用，供科学家们进行各种科学实验。

因为“墨子号”量子卫星设定的使用寿命是两年，所以，团队必须在两年内完成全部预定的科学实验。而实际上，到了二〇一七年的八月，“墨子号”升空一周年之后，全部预定的科学实验就已经提前完成了。后续的时间，等于是“白赚”的了，不过团队一点儿也没有松懈，一直在继续进行相应的拓展实验。

天道酬勤，“墨子号”不负众望，整个团队的不少年轻人，因为长期在高原上风餐露宿，脸颊上都晒出了“高原红”，但都年华无悔，青春无恙。

这年春节，印娟和分头驻守南山、德令哈、兴隆、丽江、阿里五大地面站的同事们，带着胜利的喜悦，陆续回到上海，度过了他们戏称的“史上最轻松最快乐的春节”。

在工作总结年会上，多才多艺的“逐梦者”们，用重新改编和演绎的一首“新版”《南山南》，尽情地唱出了他们骄傲的心声：

你在地球的轨道里，自由地飞，
我在地面的山顶上，寒风在吹。
……
如果所有地面站连在一起，
扫过夜空只为拥抱你，

新
年

熬过深夜的那一刻，晚安。

……

作为全世界第一颗量子科学实验卫星的量子纠缠源载荷主任设计师，印娟唱着这首歌的时候，眼前也一一闪过了自己披星戴月、风霜雨雪的日子。唱着，唱着，同事们看到，这个美丽的“八〇后”女孩纯净的眸子里，涌动着晶莹的泪光……

是啊，如果从二〇〇二年，在中国科学技术大学近代物理专业大二结束的那个暑假，第一次走进潘建伟实验室与量子信息和量子物理研究领域结缘算起，她带着自己的“量子梦”，伴随着“墨子号”，已经走过了整整十五个春秋。她把最美丽的芳华，全部献给了这份自己热爱的事业，献给了“墨子号”。

十几年走过来，印娟由一位风华正茂的女大学生，变成了一位能够独当一面的女科学家，一位杰出的实验团队领导者。

印娟出生于一九八二年十二月，和陆朝阳是同年同月生的同龄人。印娟比陈宇翱小一岁，但都是江苏同乡。

和陈宇翱、陆朝阳一样，印娟从小也喜欢钻研理科问题，凡事喜欢刨根问底。她总是保持着强烈的好奇心和旺盛的求知欲，脑子里好像总是装着“十万个为什么”一样。

大二那年，印娟第一次对量子纠缠这种诡异的现象产生了极大的好奇，也被隐藏在其中的科学原理深深吸引住了。这种感觉，就跟卢梭当年突然迷上植物一样。

那是在一七三八年，卢梭还很年轻的时候。有一天，他遇见了一位长途跋涉从山中采集草药归来的朋友。朋友的背篓里装满了各种绿色的草药。原本就对植物怀有强烈兴趣的卢梭，一瞬间就被那位眉目间洋溢着无限满足感和幸福感的朋友所“蛊惑”，心中仿佛被播撒下了无数植物的种子。

许多年后，卢梭在他的自传体小说《忏悔录》里声称，他原本是有可能成为一名优秀的植物学家的，“因为我知道，世界上没有哪一项研究，比植物学研究更适合我天然的品味”。事实上，卢梭此后一生都没有放弃过对植物学的好奇和探究。

一七七一年，卢梭应德莱塞尔夫人的请求，教她四岁的女儿玛格丽特·马德莱娜认知各种植物，这让卢梭觉得十分快乐。于是，卢梭就用写信的方式，从他认为的小马德莱娜应当“真正看清她所看到的”开始，循序渐进又清晰易懂地为这个小女孩描述和讲解着花草之美和植物们生长、开花、结果的秘密。

卢梭写了将近十封长长短短的书信。这些书信后来就以《植物学通信》为名，被整理出版了。这是一部十分专业而又通俗有趣的植物学著作，是一位伟大的思想家、哲学家和儿童教育家撰写的珍贵的自然科普经典。“来吧，明媚的花，碧绿的草地，凉爽的树荫，还有潺潺的小溪，树丛和牧场，快来净化我那被一切令人作呕的东西污染了的想象力吧。”这些书信，重现了卢梭毕生没有放弃的植物学的美梦，也重现了他那颗明亮的草木之心。

印娟遇见了潘建伟老师，遇见了量子纠缠和量子通信，就跟年轻的卢梭遇见了那位采草药归来的朋友一样，一下子就受到了“蛊惑”，从此就与这个领域彼此“纠缠”，难舍难分了！从本科、硕士，到博士，再到副研究员、主任设计师、中国科大教授……她的青春、生活和梦想，再也没有离开过这个神奇的量子世界。

塞林格先生曾赞誉陆朝阳为“操纵光子的巫师”。不知是从什么时候起，印娟也成了大家眼中的“量子女神”。

二〇〇八年，印娟二十六岁。这一年，她被派到上海佘山，借助天文台和卫星之间的光信号星地传输，证明单光子级别的光源也能被地面接收，为星地一体量子通信网络提供实验支撑。

这是一个之前从来没有人尝试过的实验课题。整整一年的时间里，印娟几乎每天都守望在楼顶上的一架望远镜旁，紧紧地盯着电脑屏幕，一刻也不能放松。而她的一位同事，守在楼下的另一个屏幕前，控制偏正补偿。日复一日，她几乎忘了四季的变换。

有时候，因为天气、技术参数等因素的影响，电脑屏幕上一个多月甚至几个月都没有稳定的信号，但他们仍然继续在守望，在等待着，就像荒诞戏剧《等待戈多》里所描写的一样。

有道是“功夫不负有心人”，忽然有一天，意外的惊喜降临了，“戈多”竟然奇迹般地出现了！

那一刻，印娟清晰地看到，屏幕上出现了一丝微弱的抖动的信号。这是一个划时代的瞬间，是国际上的首次发现！这一丝微弱的信号，意味着如果从卫星上发射单光子级的光信号，地面上是可以接收到的。也就是说，基于卫星的量子通信是可行的。

那一刻，印娟和她的同事兴奋地拥抱在一起，激动地跳了起来！

二〇一一年，中科院空间科学战略性先导科技专项启动了量子科学实验卫星项目。印娟深知，这个项目可不是闹着玩的，它标志着原本属于基础研究的自由空间量子通信，进入了追求“高可靠”和“零失败”的航天工程领域。

二〇一二年，印娟和同事一起，又制备出了国际上最亮的四光子纠缠源，首次实现了基于四光子纠缠的九十七公里自由空间量子隐形传态，以及一百公里双向纠缠分发和贝尔不等式检验，为最终实现量子卫星的科学目标，完成了最大限度上的地面验证。

印娟肩负重任，担任这颗实验卫星的量子纠缠源载荷主任设计师。在接到任命的那一刻，她感觉自己离梦想更近了一步。

她和团队成员一起，把全部精力投入到了以“零失误”为标准的正样飞行件产品生产中。

“零失误”，可不是随便说说，这是靠着一丝不苟的硬功夫一点儿一点儿炼成的。

研制刚开始时，她与工程师们的合作还处在磨合期，关键技术要做攻关，而工程要保障“零失误”，思路总合不到一块去。如果长时间这样下去，如何能做到“零失误”呢？

这时候，印娟的巾帼英雄气概和“量子女神”的自信充分展现了出来。她凭着过硬的技术进行判断并果断建议，将纠缠源的亮度指标提升到原来的四倍，从每秒二百万对光子，做到了八百万对。这样一来，不仅使实验所需时间大幅缩短，科学目标也更容易实现，而且，其他团队的指标也都随之“喜提”了很多余量，确保了设备在天上的万无一失。

经过了数不清多少次、多少层的相关验证试验，最终，她带领团队生产出了国际上唯一的亮度最高，可靠性和稳定性完全达到了卫星载荷标准的纠缠源产品，而且交付产品的亮度指标，超出了任务书要求的四倍。这就意味着能使系统的抗干扰能力大幅增强、可实验时间大幅增多，为实验卫星所承载的目标任务的实现，奠定了坚实和可靠的基础。

二〇一六年八月十六日，激动人心的时刻到了！

凌晨时分，“墨子号”乘着长征二号丁运载火箭，稳稳地飞向了天际……

印娟跟随着潘建伟等人，守在酒泉发射中心现场，密切地关注着长征二号丁运载火箭点火、升空的全过程。卫星发射升空后，她又迅速赶到了德令哈的高原地面站。

“在十八日凌晨，我们第一次将地面的信标光覆盖到‘墨子号’，为离开地面近四十八小时的‘墨子号’点亮了灯塔，打通了建立天地链路的第一步。”事后，印娟回忆起当时的情景，每一个细节都依然历历在目。

在此后的日子里，“墨子号”在太空工作，印娟和同事们也没有停歇。

“墨子号”是一颗太阳同步轨道卫星，每天会在相同的地方时经过世界各地。它每天晚上在当地时间的二十四时飞过当地上空，所以，印娟只能在静谧的深夜里和它“深情对望”，而且每次也只有区区两三百秒的时间。

时间转瞬即逝，所以，每个夜深人静的晚上，印娟和团队同事都会苦苦在地面站上守候。

“墨子号”在正式投入实验之后的半年里，顺利完成了预定计划的三大科学任务。任务完成后，印娟和团队其他成员才有了我们在前面说到的那个“史上最轻松最快乐的春节”，有了“你在地球的轨道里，自由地飞，我在地面的山顶上，寒风在吹……”这首专属于“梦之队”的“新版”《南山南》。

量子计算，唯快不破

早在二十世纪八十年代初，就有一些科学家提出“量子计算”的概念，例如美国物理学家费曼，他在一九八一年做了一场关于量子计算的演讲。

之后，又过了四年，一九八五年，英国的物理学家又向前迈了一小步，提出了“量子图灵机”的概念。接着，世界上不少物理学家开始钻研量子计算机这个难题。

可是，这个难题实在是太难了！不久，一些科学家认为，量子计算机只能是“纸上谈兵”，是不可能真正制造出来的。所以，有的科学家知难而退，不再对解决这个科学难题抱有什么希望了。

我们知道，传统计算机用“比特”来储存信

息，每个0或1就是一个比特。而量子计算则基于量子叠加，每个“量子比特”可以同时处于0和1两种状态的相干叠加。这就意味着，两个量子比特就可能有00、01、10、11四种存储状态，n个量子比特，就有2的n次方种储存状态。一旦超过五十个量子比特，其存储容量将远超过经典计算机结构，代表了超强的计算能力，对经典计算机形成碾压优势，也就是“量子计算优越性”。

这让量子计算机成为目前全世界科技前沿的许多重大挑战之一，也成为世界各国角逐的焦点。

全世界许多顶级的科学家在研究量子计算时，已经使用了多条技术路线，如光量子体系、超导线路体系等，离子、硅基量子点等物理体系也是目前国际量子计算研究的热点方向。

潘建伟的量子研究“梦之队”没有被量子计算这个世界难题吓倒，而是全力合作，有梦必逐，最终在这一领域取得重要进展，研制出了令全世界为之惊叹的、具有超强计算能力的“九章”和“祖冲之号”。

“祖冲之号”是超导量子计算原型机，“九章”

则是光量子计算原型机。它们的诞生标志着中国成为唯一一个在两条技术路线上实现“量子计算优越性”的国家。

陆朝阳曾经对“祖冲之号”和“九章”的区别做了解释——从体积上看，可以把两者分别看成一个房间能够装下的大型专用计算装置，二者的区别主要在于媒介的不同，超导量子计算主要依靠的媒介是超导材料，光量子计算主要依靠的媒介是光子。

不过，无论是“九章”还是“祖冲之号”，它们都是量子计算原型机，其所展示的“量子计算优越性”现在还只能解决某一类的数学难题。“九章”针对解决“高斯玻色采样”，而“祖冲之号”则针对解决“随机线路采样”。这些数学难题，经典计算机用上亿年也算不出结果。

而且，潘建伟带领的团队已经迅速完成了“九章二号”和“祖冲之二号”的研制工作，“九章二号”在高斯玻色取样方面的处理速度要比超级计算机快一亿亿亿倍，“祖冲之二号”对量子随机线路取样问题的处理速度比目前最快的超级计算机快一千万倍，计算复杂度较谷歌公司的超导计算原型机“悬铃木”提高了一百万倍。

团队成员朱晓波教授在一次采访中说：“达成‘量子计算优越性’，标志着我们的研究进入第二阶段，开始量子纠错和应用探索。‘祖冲之二号’的并行高保真度量子门操控能力和完全可编程能力，有望找到有实用价值的应用，预期包括量子机器学习、量子化学等。”

按国际学术界公认的量子计算的发展阶段划分方法，第一阶段是实现“量子计算优越性”；第二阶段是实现“专用量子模拟机”，应用于组合优化、量子化学、机器学习等特定问题；第三阶段是实现“可编程通用量子计算机”，相当于操纵至少数百万个量子比特，在经典密码破解、大数据搜索、人工智能等方面将会发挥人们之前可能无法想象的巨大作用。

当然，有的小读者会问，量子计算机是怎么构建的呢？它的原理是什么？

量子计算机就像是一个神秘的谜团、一个复杂的迷宫。潘建伟团队一直在和这个神秘的谜团“纠缠”不休，不知道耗费了多少心血，多少个春秋和不眠的夜晚！

以“祖冲之号”为例，潘建伟团队发挥超强的想象力，将量子比特结构从一维向二维拓展，设计并制作了一个由62个比特组成的8×8的二维结构超导量子比特阵列，用其构建了“祖冲之号”量子计算原型机。

如果将这个二维量子比特阵列比作一个花园，那么，这个花园仅有一片开阔的草坪。量子是花园中的“漫步者”，可在园中随意逗留。这就像阿根廷文学大师博尔赫斯笔下的那座“小径分岔的花园”，只要你破解了它的神秘性，揭开了笼罩着它的朦胧面纱，它就会用一种明媚和绚丽的姿态，呈现在你的面前。

“当你实现了针对每个量子比特频率的精确调控，完美地调节完了量子比特频率之后，部分量子比特就会失去谐调，‘漫步者’的活动区域，也可得到限定。”朱晓波描述着他对“小径分岔的花园”的发现，“……得到了限定之后，我们就可以给‘漫步者’量身定制出一条条小径，也就是它的行走路径。这些小径可以分岔，但总是会相互交叉，好让‘漫步者’只能行走在这些小径上，而不至于迷失了方向。因为有不止一位‘漫步者’，所以，当这些‘漫步者’在交叉的小径上相遇时，也会碰撞出相应的‘火花’，产生出意外的‘故事’，就跟博尔赫斯笔下出乎意料的小说故事一样。”

那么，朱晓波描述的“火花”与“故事”，又是指什么呢?

“所谓‘故事’，其实也是一种原理。这是由于在二维量子比特体系中，‘漫步者’在行走时，路线的不同，会带来不同的交叉和交织形式，进而会产生不同的‘图结构’。这时，也会诞生不同表现的干涉结果，最终可实现不同的功能。上述种种不同，也是实现基于量子行走的量子计算的关键要素。”

虽然朱晓波想尽量用最通俗易懂的说法来描述“祖冲之号”的“故事”，但毕竟这是一个极其神秘的花园，我们无法真正懂得其中的奥妙和“门道”，所以就站在花园外面，简单地看一点儿“热闹”吧!

正是量子具有不断行走、交织和纠缠不休的特性，所以朱晓波他们凭着缜密的思考，同时也发挥了大胆的想象力，在研究中构造出了几个不同的路径结构。在这些不同的路径结构中，他们又分别研究了一个“漫步者”和两个“漫步者”的量子行走行为，并探明了量子干涉在其中扮演的角色。

最后他们惊讶地发现：即便是在只有一个“漫步者”的量子行走中，它也能在两条连接的演化路径中形成干涉作用；而在两个“漫步者”的量子行走中，只有两条路径形成连接，才能形成干涉作用；而且，任意一个单个的“漫步者”所形成的干涉条纹，以及单个“漫步者”所形成的干涉条纹之和，与两个“漫步者”形成的干涉条纹，都不会一样。这说明，两个“漫步者”之中也会产生相互作用。

我知道，即使我这样继续耐心地、仔细地描述下去，哪怕再描述上好几页的篇幅，小读者们可能也仍然看不懂。

没关系，把这些都留给对量子计算有探索兴趣且有研究志向的小读者们，等你们再长大一些之后，也像潘建伟、朱晓波这些科学家一样，自由地进出这座神秘的、小径分岔的“花园”，去做一个专业的“漫步者”吧！

跨越千年的回响

很多小读者都知道祖冲之这个名字。祖冲之是我国南北朝时期的一位数学家、天文学家和机械制造巨匠。现在，我们先来了解一下这位古代科学先贤的生平事迹和科学成就，然后再来讲讲“祖冲之号”背后的故事。

祖冲之的爷爷是朝廷任命的管理土木工程的官员，他的爸爸也是一位饱读诗书、学识渊博的人，所以，祖冲之从小就受到了良好的家庭教育。爷爷经常给他讲“斗转星移”等天象知识，爸爸更是悉心指导他勤读《九章算术》等前人留下的经典。

渐渐地，祖冲之就对天文历法和数学等产生了浓厚的兴趣。祖冲之从少年时代起，就“专功数术，搜练古今”。也就是说，他把从上古时代起，一直到他生活的时代为止的各种有关“数术”的文献、记录、资料，几乎全都搜罗来进行了对比、考察和研究。在考察和研究时，他还坚持决不“虚推古人”的原则，决不把自己的思路束缚在古人的一些固定的，甚至是错误的结论之中，而是自己动手、动脑，亲自进行精密的测量，重新做出细致的推算。

到了青年时代，祖冲之因为博学多才，被南朝的皇帝派到当时朝廷设立的一个专门的学术研究机关从事研究工作。后来，祖冲之又奉调进入总明观担任教职。总明观相当于现在的科学院，各地不少有名望的学者，都被聘请到了总明观任教，祖冲之就是其中的一位。

总明观里有大量的国家藏书，年轻的祖冲之在这里如鱼得水，披阅了包括天文、历法、算术、阴阳、文学等方面的大量珍贵的藏书，丰富了自己的学识，也扩大了自己的视野，为他成为一位杰出的科学家奠定了坚实的基础。

祖冲之在世七十一年，在中国古代算是比较长寿的人了。作为古代的一位杰出的科学家，祖冲之取得的成就主要在三个方面。

一是在天文历法领域，他经过长期精密的观测和计算，又核对了大量古人已有的天文历法记录和典籍，提出了革新当时历法的主张，制定出一套更加符合天象特征、更为科学化的《大明历》。

二是在算术领域，他经过一次次周密的推算，最终算出了圆周率（π）的数值在3.1415926和3.1415927之间，相当于把圆周率的数值精确到了小数点后第七位。这是当时全世界最精确的圆周率数值。因为这个精准的发现，后来成立的世界纪录协会，把祖冲之列为世界第一位将圆周率数值计算到小数点后第七位的科学家。一直到十五世纪，一位阿拉伯数学家阿尔·卡西的推算结果，才打破了祖冲之创造的这一纪录。祖冲之对圆周率数值的精确推算，是对中国科学，乃至全人类科学的一个重大贡献，所以后人用他的名字命名他算出的圆周率为“祖冲之圆周率”，简称“祖率”。

三是祖冲之的动手制造能力非常强。他曾耗费不少精力来琢磨和研究机械制造，用铜制机件制造成了灵巧的指南车，还发明了一天能走上百里的“千里船”和利用水力来加工粮食的“水碓磨”。

正是为了纪念这位首次将圆周率精确推算到了小数点后第七位的古代数学家，向他为中国、为人类贡献的“祖率”致敬，二〇二一年，当时全球最大量子比特数的超导量子体系——量子计算原型机，在潘建伟团队手上诞生之时，他们满怀喜悦和敬意，把它命名为“祖冲之号”。

让潘建伟和他的同事们尤其自豪的是，在“祖冲之号”诞生之前，世界上只有谷歌公司在二〇一九年实现“量子计算优越性”的量子计算原型机“悬铃木”达到五十三个量子比特，而二〇二一年诞生的“祖冲之号”可操纵的超导量子比特，多达六十二个！

超导量子计算的核心价值和竞争目标，就在于可操纵的量子比特数量能增加多少，增加的这些可操纵的量子比特数量，能不能通过提升操纵精度来实现落地应用。

这多出来的九个量子比特，意味着“祖冲之号”当之无愧地成了当时世界上最多量子比特数的超导量子体系。

“祖冲之号”的计算能力，当然是生活在一千五百多年前的古代数学家祖冲之，无论如何也想象不到的。

从祖冲之到“祖冲之号”，中华民族探索未知科学领域的脚步从未停止过，中华民族对人类科技文明和进步所做的贡献，也层出不穷、数不胜数。

如坐春风

物理学界有一个通俗的说法：同样是诺贝尔物理学奖，但可以分为三等，三等之间的差距非常大，第三等的贡献，仅仅是第二等的百分之一，第二等的贡献，是第一等的百分之一。

一九五七年，杨振宁和李政道一起摘取了当年的诺贝尔物理学奖，两人成为最早获得诺贝尔奖的华人。物理学界评价说，他们两人的研究成果，应该列为诺贝尔物理学奖中第一等的贡献。当然，爱因斯坦的贡献是唯一的例外，应列为特等奖。毫无疑问，杨振宁是二十世纪世界上最重要的物理学家之一。

二〇二一年十月一日，杨振宁迎来农历一百周岁生日，学术界人士纷纷撰写文章，祝贺这位物理学大师百岁诞辰。

潘建伟也应邀撰写了《我与杨振宁先生交往的若干往事》一文，深情地谈到了杨振宁对他的鼓励和影响，以及交往中的一些难忘的趣事，表达了他对杨先生的崇敬与感激之情。

“杨振宁先生对中国科学的影响，不仅在于他自身取得的卓越成就，更在于一种莫大的精神鼓舞。杨振宁先生、李政道先生是最早获得诺贝尔科学奖的华人科学家，向世界证明了中国人同样能够做出顶尖的科学发现，激励着众多年轻学者投身于科学探索之中。一路走来，我自己从事的研究工作也一直得到杨先生的有益指引。”潘建伟在文章开头这样写道。

潘建伟在中学时代就知道了杨振宁、李政道的名字，也可以说，从中学时代起，他就十分崇拜这两位杰出的华人科学家。但亲眼见到杨振宁，是潘建伟二十二岁在中国科大本科毕业那年。

一九九二年六月，中国科大举办了一场关于非线性科学与理论物理的学术报告会，以此庆祝杨振宁先生七十岁生日。刚刚本科毕业的潘建伟，满怀一睹“偶像”风采的兴奋，一大早就兴冲冲地提前来到了报告会会场。因为来得太早了，会场上还没有几个人，潘建伟占到了听众席上的一个好座位。

巧的是，等到报告会开场，杨振宁先生到来时，潘建伟正好坐在杨先生的身后。

“那时候还没有PPT，参会的谢希德、葛庭燧等老先生都是手拿胶片在幻灯机上边写边讲，将熟记于胸的复杂原理娓娓道来，我这样一个年轻的学生，确实是感受到了大师精于治学的风范，当然也听不太懂。我还清晰地记得杨先生当时讲过的一段话：‘对于你们年轻人来说，听这样的报告不一定马上就能有所收获，但也许在将来某个时刻，你会发现你以前所听到的会影响你的一生。’”潘建伟在回忆文章里这样写道，“实事求是地讲，当年的那场学术报告对于当时的我而言过于深奥，给我留下最深印象的却是杨先生的这段话。”

果然，没过几年，杨振宁的这段话就“应验”了。一九九五年，潘建伟参加了理论物理学家葛墨林院士在南开大学举办的一场理论物理前沿研讨会。当时潘建伟已在中国科大读硕士研究生，学习量子物理基础理论。也是在这次会议上，潘建伟了解到，杨振宁曾经预言，在未来几年里，玻色-爱因斯坦凝聚（BEC）将是非常重要的研究方向。果然，没过几年，激光冷却原子研究成果就获得了一九九七年诺贝尔物理学奖，BEC的发现获得了二○○一年诺贝尔物理学奖。杨振宁这种敏锐的科学洞察和前瞻能力，让潘建伟敬佩有加。

一九九六年，潘建伟到奥地利留学，从此进入量子信息这一前沿领域，并把超冷原子量子模拟和量子计算作为长远目标。时至今日，这个方向一直是他和团队付出心力最多的内容之一。可见，无论是杨振宁的预见，还是这次南开大学的研讨会，都对潘建伟后来的科研道路起到了重要的指引作用。

二○○四年，潘建伟和他的研究团队在国际上首次实现了五光子纠缠，这意味着中国的量子信息实验研究已然走到了国际前列。二○○五年三月，潘建伟惊喜地获悉，杨振宁对他们团队实现的五光子纠缠的成果很感兴趣，他与杨振宁先生不仅有了面对面交流的话题——量子信息技术，而且这一老一少两位科学家一见如故，成了“忘年交”。

“那是我第一次和杨先生面对面地交流。我们在杨先生的办公室交谈了整整一个上午，杨先生对我们的工作非常感兴趣，末了还意犹未尽地邀请我到家里吃饭。通过与杨先生的交谈，我感受到他虽然已是高龄，但思路却非常清晰，对于新鲜事物，比如我所从事的量子信息研究，更是如同孩童般充满好奇，这也许就是杨先生之所以成为物理学大师的根源。”

这次见面和交流，给潘建伟留下了如坐春风般的难忘记忆。其中有两个小细节，让潘建伟十分感动，一直铭记在心。一是在杨振宁的客厅里，他看到了“归根居”三个字，这三个字暗喻着一代科学大师叶落归根、科学报国的赤子心志；二是在分别时，杨振宁特意取出一册《杨振宁文集》，签名赠送给潘建伟，鼓励他尽早完成学业回国工作。

三年后，二〇〇八年，潘建伟认为自己在国外的技术积累已经比较充分，就毅然回到祖国，回到自己的母校中国科大工作。

杨振宁还有一个很特别的观点：科学家应该多

向文学家、艺术家学习。比如，他告诉年轻的科学家们，写科学论文或研究报告，能够用十个字讲清楚的，就决不要去用二十个字、三十个字。杨振宁在美国做研究时，有一次，他的博士论文导师，被誉为“美国氢弹之父”的泰勒，建议他把一个“干净利落”的论证过程写成一篇博士论文。两天后，杨振宁就交上了论文，一共只有三页纸。泰勒说：“这篇论文好是很好，但是你能不能写得长一点儿呢？”

很快，杨振宁又交上了一篇，这次有七页纸。泰勒有些生气，让他把论证过程写得更清楚、更详细一些。杨振宁和泰勒争论了几句后，就离开了。十天之后，他交上了一篇论文，也只有十页纸而已。这一次，泰勒不再坚持了，杨振宁也获得了他的博士学位。

这个小故事说明，杨振宁虽然是一位科学家，但是他无论是写论文，还是撰写研究报告，总是十分讲究文辞，讲究论文的“简洁之美”和“明快之美”。而且杨振宁对绘画和中国古典文学都有很深的造诣，并不只是沉浸在自己研究的科学领域。杨振宁的这些观点和工作习惯，就像春风化雨，润物无声。在日常工作中，潘建伟不仅自己接受了这些观点，深受其惠，还时常提醒团队里的年轻人和自己的学生，无论是对待科学研究，还是在日常生活中，都应该学习大师的风范。

在与杨振宁的交往过程中，还有一些趣事让潘建伟忍俊不禁，也感慨良多。

比如二〇〇五年，潘建伟第一次与杨振宁交谈时，杨振宁告知并祝贺潘建伟获得了当年的“求是杰出科学家奖”。没过多久，潘建伟到新疆去参加颁奖典礼，刚到酒店，正好在电梯里遇见了杨振宁，他激动地连忙向杨振宁问好。

杨振宁一时没有认出这个年轻人是谁，就笑着问道：“你是哪个单位的？”

潘建伟如实回答：“杨先生，我是中国科大的。”

“哦，中国科大有个叫潘建伟的年轻人，工作出色，这回获奖了。”

潘建伟只好直言相告：“杨先生过奖了，我就是潘建伟。”

这时，杨振宁恍然大悟，哈哈一笑，说：“抱歉，抱歉，我记不清你长什么样子了。”

这件小事，让潘建伟不禁感慨：“其实，这并不是由于杨先生年纪大了，我们团队的很多年轻教授，包括我自己在内，对一个人的工作记得很清楚，却往往记不清他的长相，这应该是我们都专注于学问本身使然。”

还有一件事，也让潘建伟很难忘。

潘建伟离开奥地利回到祖国，展开光量子信息实验研究后，他的工作实际上已经与他在奥地利留学时的导师塞林格教授的团队形成了一定程度的竞争关系。后来，他们师生之间还产生了一些误会，以至于给原本达成的国际合作带来了不小的影响。

杨振宁了解到这一情况后，主动出面协调，专门邀请塞林格教授来华访问，借此机会，让潘建伟和塞林格教授进行了沟通，促成了后来潘建伟的“梦之队”和奥地利科学院基于“墨子号”卫星成功开展的洲际量子通信合作研究。

潘建伟在回忆文章里深情地写道：“在大多数人看来，杨先生是受众人崇敬的科学大师，但对我而言则更像是一位充满智慧且关爱学生的师长。”

二〇一九年，在“墨子号”量子卫星引起国内外科学界的广泛关注之后，潘建伟团队把“墨子号”量子科学实验卫星载荷及手稿资料捐赠给了国家博物馆永久收藏。主办方邀请年近百岁的杨振宁先生出席了捐赠仪式。杨振宁在致辞中感慨地说道：“我们这一辈人过去总是盼望着中国‘天亮’，如今我们终于可以看到中国的未来有无限的可能。”潘建伟对此也深有感触。他这样动情地写道：“杨先生所经历的这一百年，恰是中国的科学研究从拓荒到腾飞的一百年。杨先生等老一辈科学家执着求真、关怀后进的精神，将一直激励我辈勇担科技创新的时代重任，这也是我们能献给杨先生百年华诞最好的贺礼！”

更远的目标

如果潘建伟不去做量子研究、当科学家，而是去创作科幻小说、当作家，我想，他一定会成为一位出色的科幻作家。这是因为，他的头脑里有着太多太多的奇思妙想。

现在，潘建伟已经是两个孩子的爸爸。他的一儿一女，在小时候就像一对小燕子一样，每天在他下班回家后，就会笑声朗朗地飞到他的身边，缠着他讲故事。

因为潘建伟平时也经常去中小学，甚至是幼儿园给孩子们讲故事，描述神奇的量子世界，激发孩子们对科学的兴趣与梦想，所以他给孩子们讲故事、编故事的技术也越来越高超，哪怕是很难懂的量子计算，他也能用小孩子容易理解的方式，讲得绘声绘色，引人入胜。

潘建伟自己很喜欢阅读，科学类的、历史类的、文学类的图书，都在他的阅读范围内。他经常能够随口引用读过的书籍中的句子。有一次，他用花打比喻，给大家讲解量子纠缠，就随口引用了明代哲学家王阳明的一句话：“你未看此花时，此花与汝心同归于寂；你来看此花时，则此花颜色一时明白起来。”

他也喜欢刘慈欣等中国作家写的科幻小说。有一天夜里，他几乎是彻夜未眠，一口气读完了《三体》，有点大快朵颐的感觉。

那天晚上，他还做了一个奇怪的梦，梦见自己和儿子一起，驾驶着一艘宇宙飞船，一起撞向入侵的外星人，拯救了面临危险的地球……

还有一次，他应邀做客电视台的一档节目。其中有个环节是，主持人假设外星人真的存在，希望他以地球人的身份，向外星人提出三个问题。

潘建伟笑了笑，当即提出了三个有趣的问题——这其实也是一直盘旋在他脑海里的问题。

第一个问题是：量子纠缠究竟是怎么一回事？

第二个问题是：信息是永生的吗？

第三个问题是：爱为什么是必需的？爱是一种自然现象吗？

潘建伟解释说，最后一个问题源于他看过的一部有名的科幻电影《云图》。他相信，答案是肯定的，但他又坦承，自己虽然是物理学家，是量子信息学家，却暂时给不出一个类似方程式那样的物理证明公式。

他后来在跟弟子们闲谈时也谈到，无论是他曾经做过的那个拯救地球的梦，还是他向所谓外星人提出的问题，其实都是基于自己对生命、家庭、情感、生存环境的一些思考。他相信，人总是先爱家庭，再爱团体，而后家乡、国家，最后是整个地球，乃至宇宙；而且，无论人生有着怎样的艰辛和苦涩，生活中毕竟还有一些我们所热爱的事物，是能够用我们的双手或心灵把它们保存下来的。因而，热爱是必需的，也有可能是始终不渝的。

有的读者一定会问：在“墨子号”量子科学实验卫星、“九章”和“祖冲之号”量子计算原型机相继诞生之后，接下来，“梦之队”还有什么样的梦想呢？他们还会创造怎样的奇迹呢？

其实，潘建伟和他的“梦之队”真的还有更瑰丽的梦想、更高远的目标。其中之一，就是在我们居住的地球和遥远的月球之间，建立起三十万公里的“量子纠缠”，用来检验量子物理的理论基础，探索引力与时空的结构。

这个梦想，一般人听起来更是十分难懂，莫名其妙。

潘建伟说：“不懂没有关系。但是，我们中国人和整个世界将会看到，在不久的未来，这个‘量子纠缠’梦想，会在中国十至十五年后的登月计划中，发挥出它独特的作用。”

为此，潘建伟对“梦之队”的每一名成员，都做了精心的布局。

比如，固态量子调控技术是国内相对薄弱的研究方向，这个领域尚需要做大做强，真正为国家所用。于是，陆朝阳在组建了固态量子光学实验室之后，正潜心致力于推进与国家信息安全密切相关的量子信息技术……

又比如，“墨子号”虽然是全球首颗量子实验卫星，已经引起全世界的瞩目，但它毕竟只是一颗低轨的卫星，它经过一个地面站上空的时间只有六分钟左右，仅能覆盖直径一千公里的范围，所以它只是一个起点。而“墨子号”的新一代，还会有很多事情要做。这也是潘建伟和“梦之队”正在努力想要实现的目标。

对这个目标，印娟也从专业的角度描述过：“我们未来的目标是要实现全球化的量子通信，这就要通过‘量子星座’来完成。首先就要利用‘墨子号’上已经成熟的技术，把它做到小型化，并使用多颗卫星组网。如果卫星的质量做到五十千克左右，其研制、发射成本会有很明显的降低。通过三到五颗这样的卫星组网，就可以覆盖整个地球。地上的某一个站可以持续一个星期刷新密钥，在初步的商业应用方面会起到很好的作用……总的来讲，我们的目标是要建立一个完整的天地一体化的广域量子保密通信网络体系，并且跟经典通信网络实现无缝的链接，共同结合，实现安全的保密通信。”

还有，“梦之队”虽然已经在国际上率先研制出了超越早期经典计算机的量子计算原型机，但这也只是他们在量子计算机追梦路上迈出的“一小步”而已。他们更远大的目标是做量子世界真正当之无愧的“王者”……

徐飞虎，是前几年来到潘建伟团队的一位成员，那时他刚过而立之年。他在麻省理工学院做博士后研究时，从事的是单光子成像研究，这是量子精密测量领域近些年才起步的前沿技术，也正是让潘建伟“虎视眈眈”的新目标之一。

徐飞虎对潘建伟团队早就心向往之，他坚信潘老师团队的量子通信实验室在国际上是最好的。潘建伟瞅准时机，找徐飞虎谈过多次，从祖国的需求和国家科技战略的宏观视野，跟徐飞虎推心置腹地谈他心目中的未来的日子，中国在量子领域五年、十年、十五年和更长远的奋斗目标。这一切，让徐飞虎感动不已。所以，听到潘建伟的召唤，徐飞虎没有丝毫犹豫就飞回了祖国，正式加入了“梦之队”……

啊，十年之后，十五年之后，甚至在更远的未来，今天的孩子们，不是都已经成为有力量、有智慧的新一代中国青年了吗？那么，你，你们，都准备好了吗？你们有信心、有能力成为“梦之队”的一名新成员吗？你们想组建一支什么样的“梦之队”呢？

未来的路

二〇二二年十月四日，从瑞典皇家科学院传来消息——

法国物理学家阿兰·阿斯佩、美国理论和实验物理学家约翰·弗朗西斯·克劳泽、奥地利物理学家安东·塞林格，三人一同获得二〇二二年诺贝尔物理学奖，以表彰他们在量子信息科学研究领域做出的杰出贡献。三位物理学家经过对著名的“贝尔不等式”进行反复验证后，确定了量子力学的正确性，因而开创了量子信息这一全新的科研领域，从而把量子计算机、量子通信等引向了更高的研究高峰，也推向了有着巨大应用潜力的产业领域。

我们在前面讲到了，塞林格不仅是走在世界量子通信领域前沿的奥地利物理学家，同时也是受聘中国科学院的外籍院士。他还有一个令人瞩目的身份，那就是潘建伟的博士导师。细心的人们发现，二〇二二年诺贝尔物理学奖委员会，除了对量子力学、量子信息科学研究成果予以了肯定，还专门介绍了中国的潘建伟团队在这个领域取得的进展。

诺贝尔物理学奖委员会介绍说，量子技术有一个重要目标，就是在更大的范围内分配纠缠距离，以便传递量子信息。而要达到这个目标，最简单的方法就是使用光学技术。然而，一个恼人的问题接踵而至：光是会衰减的。那该怎么办呢？这时候，有一个全新的解决方案出现了：就是利用卫星，通过太空发送信号以避免损失。也就是说，人们可以在很远很远的距离上，建立和使用“量子纠缠”。潘建伟团队在二〇一六年发射“墨子号”时，就使用了这一技术，之后又与塞林格团队合作，通过“墨子号”在中国和奥地利之间实现了“量子纠缠”。

由此可见，潘建伟团队所代表的中国量子科学技术研究方阵，称得上是世界上为数不多的，可以与这个领域里最前沿的团队并驾齐驱乃至可以领跑的一个科研方阵。也因此，当本年度诺贝尔物理学奖评选结果公布后，有的专家不禁惊呼：潘建伟几乎是与诺奖“擦身而过”！

在得知包括自己的导师在内的三位科学家一同获得诺奖的消息后，尤其是看到在诺贝尔奖的官方介绍中，大量引用了自己的团队的成果与贡献时，潘建伟脸上洋溢着几分自豪。他深知，他们团队所代表的是中国的新一代科学家；他们的研究成果，是中国人为世界科学进步做出的新的贡献。

让潘建伟备感骄傲的，还有塞林格获得诺奖所列出的量子通信实验论文中，除了一篇理论文章外，其他与量子通信实验相关的论文的标题下，都有“潘建伟”这个名字。除此之外，塞林格还有三篇论文，与“墨子号”发射之后，中国科学家们做出的相关实验和研究成果有关，其中潘建伟团队的工作共提到了七项之多。

同时，潘建伟也微笑着对媒体记者讲到，这份荣誉，对获奖的三位科学家来说是实至名归，但对量子信息研究来说，有些“迟到”了。

为什么会这么说呢？因为在潘建伟看来，早在二〇一〇年时，这三位科学家就因为量子力学非定域性检验和光量子信息处理的奠基性实验，获得了物理学领域的最高奖“沃尔夫奖”，但当时他们并没有被授予诺贝尔奖。

潘建伟希望通过媒体，能让更多的中国人知晓近几年来量子信息领域的科学进展，从而增强民族自豪感、国家荣誉感与文化自信。他认为，有两个标志性事件，可以代表量子信息领域科学的长足进展：一是中国量子科学实验卫星“墨子号”的成功发射；二是量子计算优越性的实现。当然，也正是这两个事件，使今天的人们看到了，三位获奖科学家的先驱性贡献何其杰出和重要。

在谈到自己与导师塞林格长期以来的“关系”时，潘建伟笑着说：“我们是师生，又是竞争者，也是合作者。”

潘建伟给大家讲了一个小故事——

做塞林格的学生时，有一天深夜，已经十一点钟了，潘建伟还待在实验室里工作着。塞林格见实验室里亮着灯光，就走进来和潘建伟聊天。

“潘，为什么一定要工作到这么晚？”塞林格问。

“我是在为你工作呀！”潘建伟故意开玩笑地回答。

“不，不，应该说，你是在为你自己工作！”

潘建伟没想到，对于自己的一句带点玩笑的话，塞林格教授却如此认真地纠正。接着，这位平时话语不多却总是循循善诱的导师，诚恳地告诉潘建伟说，只有按照自己的兴趣去工作，才会有源源不断的工作激情和强烈的动力。

“通常说来，导师不太会支持研究理论的学生去做实验，但塞林格却对我的实验想法很支持。正是他的这种支持，让我从学理论物理的研究生变成了实验物理学家。”潘建伟还回忆道，“在我的印象里，塞林格教授永远都在鼓励学生‘to be the first’（争做第一），因为在科学界永远‘只有第一，没有第二’。”

很多人都读过美国诗人罗伯特·弗罗斯特那首名诗《未选择的路》，并且对诗中描写的那种“人生遗憾”感同身受——

金色的树林里分出两条路，

可惜我不能同时去涉足，

……

而我选择了人迹更少的一条，

从此决定了我一生的道路。

面对科学的密林中不时出现的分岔的小径，自己却又无法分身去一一走过的人生现实，潘建伟的感受比一般人更加真切。

有时候，当他独自徘徊在静谧的星空下，当他一个人坐在湖畔，面对静静的湖水，陷入冥思的时候，他也会去想象：那些未曾走过的路，会是什么样子呢？那些正在前方等待着他的路，还有多远呢？